Alan Bennett

La Reine des lectrices

The Uncommon Reader

Traduit de l'anglais par Pierre Ménard

Denoël

La traduction de Pierre Ménard a précédemment paru dans la collection « Folio » en 2010.

Publié pour la première fois en 2006
dans le *London Review of Books.*
Publié pour la première fois en édition courante en 2007
par Faber and Faber Ltd. et Profile Books Ltd.

Titre original :
THE UNCOMMON READER

Alan Bennett est né en 1934 à Leeds. Professeur de littérature médiévale à l'université d'Oxford, il embrasse finalement une carrière d'auteur, acteur, dramaturge, scénariste et humoriste. Il a marqué le théâtre, la télévision et la scène littéraire contemporaine britannique. Son œuvre sarcastique, qui met en scène toutes sortes de personnages dans leur vie quotidienne, a remporté un succès jamais démenti depuis plus de quarante ans.

At Windsor it was the evening of the state banquet and as the president of France took his place beside Her Majesty, the royal family formed up behind and the procession slowly moved off and through into the Waterloo Chamber.

"Now that I have you to myself," said the Queen, smiling to left and right as they glided through the glittering throng, "I've been longing to ask you about the writer Jean Genet."

"Ah," said the president. "Oui."

The "Marseillaise" and the national anthem made for a pause in the proceedings, but when they had taken their seats Her Majesty turned to the president and resumed.

"Homosexual and jailbird,

Windsor accueillait ce soir-là un banquet d'apparat : le président de la République française s'était placé aux côtés de Sa Majesté tandis que la famille royale se regroupait derrière eux ; la procession se mit lentement en marche et rejoignit le salon Waterloo.

« Maintenant que nous sommes en tête à tête, dit la reine en adressant des sourires de droite à gauche à l'imposante assemblée, je vais pouvoir vous poser les questions qui me tracassent au sujet de Jean Genet.

— *Ah... Oui**[1] », dit le président.

La Marseillaise puis l'hymne britannique suspendirent durant quelques instants le déroulement des opérations, mais lorsqu'ils eurent rejoint leurs sièges, Sa Majesté se tourna vers le président et reprit :

« Il était homosexuel et il a fait de la prison,

1. Les mots en italique suivis d'un astérisque sont en français dans l'original *(N.d.T.)*.

was he nevertheless as bad as he was painted? Or, more to the point" – and she took up her soup spoon – "was he as good?"

Unbriefed on the subject of the glabrous playwright and novelist, the president looked wildly about for his minister of culture. But she was being addressed by the Archbishop of Canterbury.

"Jean Genet," said the Queen again, helpfully. "Vous le connaissez?"

"Bien sûr," said the president.

"Il m'intéresse," said the Queen.

"Vraiment?" The president put down his spoon. It was going to be a long evening.

It was the dogs' fault. They were snobs and ordinarily, having been in the garden, would have gone up the front steps, where a footman generally opened them the door. Today, though, for some reason they careered along the terrace, barking their heads off, and scampered down the steps again and round the end along the side of the house, where she could hear them yapping at something in one of the yards.

It was the City of Westminster travelling library, a large removal-like van parked next to the bins outside one of the kitchen doors.

mais était-ce vraiment un mauvais garçon ? Ne pensez-vous pas qu'il avait un bon fond, au contraire ? » ajouta-t-elle en soulevant sa cuillère.

N'ayant pas été briefé au sujet du dramaturge et romancier chauve, le président chercha désespérément des yeux sa ministre de la Culture, mais celle-ci était en grande conversation avec l'archevêque de Canterbury.

« Jean Genet, répéta la reine pour lui venir en aide. *Vous le connaissez* ?*

— *Bien sûr**, répondit le président.

— *Il m'intéresse**, dit la reine.

— *Vraiment* ?* » Le président reposa sa cuillère. La soirée promettait d'être longue.

C'étaient les chiens qui avaient tout déclenché. En général, après s'être promenés dans le jardin, ils remontaient les marches du perron, où un valet de pied venait leur ouvrir la porte. Ce jour-là cependant, pour Dieu sait quelle raison, ils avaient traversé la terrasse en aboyant, la truffe en l'air, avant de redescendre les marches à toute allure et de disparaître à l'angle du bâtiment. La reine les entendit japper dans l'une des cours intérieures, comme s'ils en avaient après quelqu'un.

Il s'agissait en l'occurrence du bibliobus de la commune de Westminster, un véhicule aussi imposant qu'un camion de déménagement et garé près des poubelles, à deux pas de la porte qui rejoignait les cuisines, de ce côté-là.

This wasn't a part of the palace she saw much of, and she had certainly never seen the library there before, nor presumably had the dogs, hence the din, so having failed in her attempt to calm them down she went up the little steps of the van in order to apologise.

The driver was sitting with his back to her, sticking a label on a book, the only seeming borrower a thin ginger-haired boy in white overalls crouched in the aisle reading. Neither of them took any notice of the new arrival, so she coughed and said, "I'm sorry about this awful racket," whereupon the driver got up so suddenly he banged his head on the Reference section and the boy in the aisle scrambled to his feet and upset Photography & Fashion.

She put her head out of the door. "Shut up this minute, you silly creatures" – which, as had been the move's intention, gave the driver/librarian time to compose himself and the boy to pick up the books.

"One has never seen you here before, Mr..."

"Hutchings, Your Majesty. Every Wednesday, ma'am."

La reine mettait rarement les pieds dans cette partie du palais et n'avait jamais aperçu le bibliobus auparavant. Les chiens non plus, du reste, ce qui expliquait leur tapage. Ne parvenant pas à les calmer, elle monta les quelques marches qui permettaient d'accéder à l'intérieur du véhicule, afin de s'excuser pour ce vacarme.

Le chauffeur était assis derrière son volant et lui tournait le dos, occupé à coller une étiquette sur un livre quelconque. Le seul client en vue était un jeune rouquin maigrichon en salopette blanche, qui lisait assis par terre dans la travée. Aucun d'eux n'avait vu apparaître la nouvelle arrivante, qui toussota avant de déclarer : « Je suis désolée de cet affreux tapage. » En l'entendant, le chauffeur se redressa si brusquement qu'il se cogna le crâne contre l'étagère des ouvrages de référence. Quant au jeune homme, il renversa carrément le rayon consacré à la mode et à la photographie en se relevant dans la travée.

« Voulez-vous bien vous taire, stupides créatures », lança-t-elle à ses chiens en passant à nouveau la tête par la porte du bibliobus. Cela laissa le temps au chauffeur/bibliothécaire de reprendre ses esprits et au jeune homme de ramasser ses livres – ce qui était d'ailleurs le but de la manœuvre.

« Nous n'avons jamais eu l'occasion de vous rencontrer jusqu'ici, monsieur…

— Hutchings, Votre Majesté. Je passe tous les mercredis, Madame.

"Really? I never knew that. Have you come far?"

"Only from Westminster, ma'am."

"And you are . . . ?"

"Norman, ma'am. Seakins."

"And where do you work?"

"In the kitchen, ma'am."

"Oh. Do you have much time for reading?"

"Not really, ma'am."

"I'm the same. Though now that one is here I suppose one ought to borrow a book."

Mr Hutchings smiled helpfully.

"Is there anything you would recommend?"

"What does Your Majesty like?"

The Queen hesitated, because to tell the truth she wasn't sure. She'd never taken much interest in reading. She read, of course, as one did, but liking books was something she left to other people. It was a hobby and it was in the nature of her job that she didn't have hobbies. Jogging, growing roses, chess or rock-climbing, cake decoration, model aeroplanes. No. Hobbies involved preferences and preferences had to be avoided; preferences excluded people. One had no preferences. Her job was to take an interest, not to be interested herself.

— Vraiment ? Je l'ignorais. Venez-vous de loin ?

— Seulement de Westminster, Madame.

— Et vous, jeune homme, vous êtes…

— Norman, Madame. Norman Seakins.

— Et vous travaillez…

— Aux cuisines, Madame.

— Oh… Et cela vous laisse le temps de lire ?

— Pas exactement, Madame.

— Je suis dans le même cas que vous. Mais puisque je suis venue jusqu'ici, il ne serait sans doute pas déplacé que je vous emprunte un livre. »

Mr Hutchings eut un sourire d'encouragement.

« Y a-t-il un ouvrage que vous puissiez particulièrement me recommander ?

— Cela dépend des goûts de Votre Majesté. »

La reine hésita. À vrai dire, elle ne savait pas quoi répondre. La lecture ne l'avait jamais beaucoup intéressée. Il lui arrivait de lire, bien sûr, comme tout le monde, mais l'amour des livres était un passe-temps qu'elle laissait volontiers aux autres. Il s'agissait d'un hobby et la nature même de sa fonction excluait qu'elle eût des hobbies – qu'il s'agisse du jogging, de la culture des roses, des échecs, de l'escalade en montagne, de la décoration des gâteaux ou des modèles réduits d'avions. Tout hobby implique une préférence ; et les préférences devaient être évitées, car elles excluent trop de gens. Elle n'avait pas de préférence. Sa charge impliquait qu'elle manifeste de l'intérêt envers un certain nombre d'activités, non qu'elle s'y intéresse pour de bon.

And besides, reading wasn't doing. She was a doer. So she gazed round the book-lined van and played for time. "Is one allowed to borrow a book? One doesn't have a ticket?"

"No problem," said Mr Hutchings.

"One is a pensioner," said the Queen, not that she was sure that made any difference.

"Ma'am can borrow up to six books."

"Six? Heavens!"

Meanwhile the ginger-haired young man had made his choice and given his book to the librarian to stamp. Still playing for time, the Queen picked it up.

"What have you chosen, Mr Seakins?" expecting it to be, well, she wasn't sure what she expected, but it wasn't what it was. "Oh. Cecil Beaton. Did you know him?"

"No, ma'am."

"No, of course not. You'd be too young. He always used to be round here, snapping away. And a bit of a tartar. Stand here, stand there. Snap, snap. So there's a book about him now?"

"Several, ma'am."

"Really? I suppose everyone gets written about sooner or later."

She riffled through it. "There's probably a picture of me in it somewhere. Oh yes. That one. Of course, he wasn't just a photographer.

De surcroît, lire n'était pas agir. Et elle était une femme d'action. Elle examinait donc les rayonnages de livres qui tapissaient l'intérieur du bibliobus en cherchant à gagner du temps. « Ai-je le droit de louer un livre ? Ne faut-il pas s'abonner ?

— Cela ne pose aucun problème, dit Mr Hutchings.

— Je suis d'ailleurs pensionnée, ajouta la reine, sans savoir si cela avait la moindre importance.

— Votre Majesté peut emprunter jusqu'à six volumes.

— Six ? Dieu du Ciel ! »

Entre-temps, le jeune rouquin avait fait son choix. Il tendit son livre au bibliothécaire, afin que celui-ci le tamponne. Cherchant toujours à gagner du temps, la reine s'en empara.

« Qu'avez-vous donc choisi, Mr Seakins ? » Elle ne s'attendait à rien de précis, mais assurément pas à cela. « Oh, dit-elle. Cecil Beaton… Vous le connaissiez ?

— Non, Madame.

— Évidemment, vous êtes trop jeune. Il venait sans cesse au palais, pour prendre des photos. Et pas commode, avec ça. Mettez-vous de ce côté, ne bougez pas… Clic, clac. On lui a donc consacré un livre ?

— Plusieurs, Madame.

— Vraiment ? J'imagine que tout le monde finit par y avoir droit. »

Elle feuilleta l'ouvrage. « Il doit y avoir une photo de moi quelque part. Oui, je me souviens de celle-là. Mais il n'était pas seulement photographe, vous savez :

He designed, too. *Oklahoma*, things like that."

"I think it was *My Fair Lady*, ma'am."

"Oh, was it?" said the Queen, unused to being contradicted.

"Where did you say you worked?" She put the book back in the boy's big red hands.

"In the kitchens, ma'am."

She had still not solved her problem, knowing that if she left without a book it would seem to Mr Hutchings that the library was somehow lacking. Then on a shelf of rather worn-looking volumes she saw a name she remembered. "Ivy Compton-Burnett! I can read that." She took the book out and gave it to Mr Hutchings to stamp.

"What a treat!" She hugged it unconvincingly before opening it. "Oh. The last time it was taken out was in 1989."

"She's not a popular author, ma'am."

"Why, I wonder? I made her a dame."

Mr Hutchings refrained from saying that this wasn't necessarily the road to the public's heart.

il dessinait aussi. Il a fait les décors d'*Oklahoma*, des choses de ce genre.

— Je crois qu'il s'agissait de *My Fair Lady*, Madame.

— Oh, vraiment ? dit la reine, qui n'avait pas l'habitude d'être contredite.

« Où m'avez-vous dit que vous travailliez ? ajouta-t-elle en reposant le livre entre les mains du jeune homme, couvertes de taches de rousseur.

— Aux cuisines, Madame. »

Elle n'avait toujours pas résolu son problème. Si elle quittait les lieux sans avoir emprunté de livre, Mr Hutchings allait penser qu'elle trouvait sa bibliothèque indigne d'elle. Elle aperçut soudain, sur une étagère où s'entassaient des ouvrages plutôt défraîchis, un nom qui lui rappelait quelque chose. « Ivy Compton-Burnett ! Voilà un livre pour moi. » Elle s'empara du volume et le tendit à Mr Hutchings afin qu'il le tamponne.

« Quel régal ! dit-elle en serrant l'ouvrage contre elle avec un enthousiasme un peu exagéré. Oh… le précédent emprunt remonte à 1989, ajouta-t-elle après l'avoir ouvert.

— Ce n'est pas une romancière très populaire, Madame.

— Je me demande bien pourquoi. Je l'ai pourtant anoblie. »

Mr Hutchings s'abstint de lui dire qu'un titre de noblesse ne garantissait pas automatiquement les faveurs du public.

The Queen looked at the photograph on the back of the jacket. “Yes. I remember that hair, a roll like a pie-crust that went right round her head.” She smiled and Mr Hutchings knew that the visit was over. “Goodbye.”

He inclined his head as they had told him at the library to do should this eventuality ever arise, and the Queen went off in the direction of the garden with the dogs madly barking again, while Norman, bearing his Cecil Beaton, skirted a chef lounging by the bins having a cigarette and went back to the kitchens.

Shutting up the van and driving away, Mr Hutchings reflected that a novel by Ivy Compton-Burnett would take some reading. He had never got very far with her himself and thought, rightly, that borrowing the book had just been a polite gesture. Still, it was one that he appreciated and as more than a courtesy. The council was always threatening to cut back on the library and the patronage of so distinguished a borrower (or *customer* as the council preferred to call it) would do him no harm.

“We have a travelling library,” the Queen said to her husband that evening. “Comes every Wednesday.”

La reine regarda la photo, au dos de la jaquette. « Oui, dit-elle, je me souviens de cette coiffure. On aurait dit qu'elle avait un pâté en croûte sur la tête. » Elle sourit et Mr Hutchings comprit que la visite était terminée. « Au revoir », dit-elle.

Il s'inclina, comme on lui avait demandé de le faire si jamais une telle éventualité se produisait, et la reine sortit. Elle prit la direction des jardins, suivie par les chiens qui s'étaient remis à aboyer, tandis que Norman, son livre sur Cecil Beaton à la main, contournait un cuisinier venu fumer une cigarette à côté des poubelles et regagnait les cuisines.

Après avoir fermé boutique et repris le volant du bibliobus, Mr Hutchings songeait que la lecture d'un roman d'Ivy Compton-Burnett demandait un certain temps. Il n'avait jamais poussé l'expérience bien loin, pour sa part, et conclut non sans raison que l'emprunt de ce livre avait été une marque de politesse, de la part de la reine. Il n'en appréciait pas moins son geste, qui allait au-delà de la simple courtoisie. Le conseil municipal menaçait sans arrêt de réduire les crédits alloués à la bibliothèque et le patronage d'une si illustre lectrice (ou plus exactement *cliente*, selon la terminologie du conseil) ne pouvait qu'apporter un peu d'eau à son moulin.

« Nous avons un bibliobus au palais, annonça la reine à son mari le soir même. Il passe tous les mercredis.

"Jolly good. Wonders never cease."

"You remember *Oklahoma*?"

"Yes. We saw it when we were engaged." Extraordinary to think of it, the dashing blond boy he had been.

"Was that Cecil Beaton?" said the Queen.

"No idea. Never liked the fellow. Green shoes."

"Smelled delicious."

"What's that?"

"A book. I borrowed it."

"Dead, I suppose."

"Who?"

"The Beaton fellow."

"Oh yes. Everybody's dead."

"Good show, though."

And he went off to bed glumly singing "Oh, what a beautiful morning" as the Queen opened her book.

The following week she had intended to give the book to a lady-in-waiting to return, but finding herself taken captive by her private secretary and forced to go through the diary in far greater detail than she thought necessary, she was able to cut off discussion of a tour round a road-research laboratory by suddenly declaring

— Formidable, dit le duc. On n'arrête pas le progrès.

— Vous vous souvenez d'*Oklahoma* ?

— Oui. Nous l'avons vu du temps de nos fiançailles. » Il songea un instant au blondinet impétueux qu'il était alors.

« N'était-ce pas Cecil Beaton qui avait dessiné les décors ? demanda la reine.

— Aucune idée. Je n'ai jamais pu encadrer ce type.

— Il dégageait une odeur délicieuse.

— De quoi parlez-vous ?

— De ce livre. Je l'ai emprunté.

— J'imagine qu'il est mort ?

— Qui ?

— Ce Beaton.

— Oh, oui. Tout le monde est mort.

— Mais c'était un bon spectacle. »

Il alla se coucher en fredonnant d'un air maussade « Oh la belle matinée… », tandis que la reine ouvrait son livre.

La semaine suivante, elle comptait demander à l'une de ses caméristes de rapporter l'ouvrage, mais se retrouva embarquée par son secrétaire particulier dans un examen de son emploi du temps beaucoup plus détaillé qu'elle ne l'estimait nécessaire. Aussi saisit-elle ce prétexte pour couper court à la discussion – il s'agissait de la visite qu'elle devait rendre à un laboratoire de recherche – et déclara soudain

that it was Wednesday and she had to go to change her book at the travelling library. Her private secretary, Sir Kevin Scatchard, an over-conscientious New Zealander of whom great things were expected, was left to gather up his papers and wonder why ma'am needed a travelling library when she had several of the stationary kind of her own.

Minus the dogs this visit was somewhat calmer, though once again Norman was the only borrower.

"How did you find it, ma'am?" asked Mr Hutchings.

"Dame Ivy? A little dry. And everybody talks the same way, did you notice that?"

"To tell you the truth, ma'am, I never got through more than a few pages. How far did Your Majesty get?"

"Oh, to the end. Once I start a book I finish it. That was the way one was brought up. Books, bread and butter, mashed potato – one finishes what's on one's plate. That's always been my philosophy."

"There was actually no need to have brought the book back, ma'am. We're downsizing and all the books on that shelf are free."

"You mean, I can have it?"

qu'on était mercredi et qu'elle devait rapporter le livre qu'elle avait emprunté au bibliobus. Son secrétaire particulier, sir Kevin Scatchard, un Néo-Zélandais ultra-consciencieux dont on attendait beaucoup, remballa à regret ses dossiers, en se demandant pourquoi Sa Majesté avait besoin des services d'un bibliobus alors qu'elle avait en permanence plusieurs bibliothèques à sa disposition.

Cette deuxième visite s'avéra plus calme, en l'absence des chiens. Norman était à nouveau le seul client.

« Comment l'avez-vous trouvé, Madame ? demanda Mr Hutchings.

— Le livre de dame Ivy ? Un peu sec. Et tous les personnages s'expriment de la même façon, l'aviez-vous remarqué ?

— À dire la vérité, Madame, je n'ai jamais pu dépasser les premières pages. Jusqu'où Votre Majesté est-elle allée ?

— Oh, jusqu'au bout. Une fois que je commence un livre, je le termine. C'est ainsi qu'on était élevé jadis : qu'il s'agisse des livres, des tartines beurrées ou de la purée de pommes de terre, il fallait toujours finir ce qu'il y avait dans son assiette. Ma philosophie n'a jamais varié sur ce point.

— Vous auriez pu vous dispenser de rapporter cet ouvrage, Madame. Nous réduisons notre stock ces temps-ci et les livres qui se trouvent sur cette étagère sont à la disposition des lecteurs.

— Vous voulez dire que je peux le garder ?

She clutched the book to her. "I'm glad I came. Good afternoon, Mr Seakins. More Cecil Beaton?"

Norman showed her the book he was looking at, this time something on David Hockney. She leafed through it, gazing unperturbed at young men's bottoms hauled out of Californian swimming-pools or lying together on unmade beds.

"Some of them," she said, "some of them don't seem altogether finished. This one is quite definitely smudged."

"I think that was his style then, ma'am," said Norman. "He's actually quite a good draughtsman."

The Queen looked at Norman again. "You work in the kitchens?"

"Yes, ma'am."

She hadn't really intended to take out another book, but decided that now she was here it was perhaps easier to do it than not, though, regarding what book to choose, she felt as baffled as she had done the previous week. The truth was she didn't really want a book at all and certainly not another Ivy Compton-Burnett, which was too hard going altogether. So it was lucky that this time her eye happened to fall on a reissued volume of Nancy Mitford's *The Pursuit of Love*. She picked it up.

dit la reine en serrant le livre contre elle. J'ai décidément bien fait de venir. Bon après-midi, Mr Seakins. Dans quoi êtes-vous plongé aujourd'hui ? Un nouveau livre sur Cecil Beaton ? »

Norman lui tendit l'ouvrage qu'il était en train de consulter et qui était consacré à David Hockney. La reine le feuilleta, contemplant d'un air imperturbable les fessiers des jeunes gens qui émergeaient des piscines californiennes ou qu'on voyait allongés côte à côte en travers de lits défaits.

« Certains de ces tableaux paraissent inachevés, dit-elle. Et celui-ci est un simple barbouillage.

— Je crois que c'était son style à l'époque, Madame, dit Norman. C'est en fait un dessinateur de premier ordre. »

La reine considéra à nouveau Norman. « Vous travaillez aux cuisines ? dit-elle.

— Oui, Madame. »

Elle n'avait pas réellement eu l'intention d'emprunter un autre livre mais songea que c'était sans doute préférable, étant donné qu'elle se trouvait là. Pourtant, en regardant les étagères, elle se sentait aussi démunie que la semaine précédente et ne savait pas lequel choisir. La vérité, c'est qu'elle n'avait pas vraiment envie d'un livre – et surtout pas d'un autre Ivy Compton-Burnett, dont la lecture était décidément trop fastidieuse. Mais elle eut de la chance, cette fois-ci, et son regard tomba sur *La Poursuite de l'amour* de Nancy Mitford. Elle s'empara du volume.

"Now. Didn't her sister marry the Mosley man?"

Mr Hutchings said he believed she did.

"And the mother-in-law of another sister was my mistress of the robes?"

"I don't know about that, ma'am."

"Then of course there was the rather sad sister who had the fling with Hitler. And one became a Communist. And I think there was another besides. But this is Nancy?"

"Yes, ma'am."

"Good."

Novels seldom came as well connected as this and the Queen felt correspondingly reassured, so it was with some confidence that she gave the book to Mr Hutchings to be stamped.

The Pursuit of Love turned out to be a fortunate choice and in its way a momentous one. Had Her Majesty gone for another duff read, an early George Eliot, say, or a late Henry James, novice reader that she was she might have been put off reading for good and there would be no story to tell. Books, she would have thought, were work.

« Tiens donc… Ne s'agit-il pas de la femme dont la sœur a épousé ce Mosley[1] ? »

Mr Hutchings lui confirma ce point.

« La belle-mère de son autre sœur était ma dame d'honneur, en charge de ma garde-robe.

— J'ignorais ce détail, Madame.

— Une autre de ses sœurs a eu cette pitoyable histoire avec Hitler. Sans parler de celle qui est devenue communiste. Je crois qu'il y en avait encore une autre… Mais c'est bien Nancy qui a écrit ce livre ?

— Oui, Madame.

— Bien. »

Il était rare qu'un roman présente un tel réseau de relations et cela eut le don de rassurer la reine. Ce fut donc avec une certaine confiance qu'elle tendit l'ouvrage à Mr Hutchings, afin qu'il le tamponne.

Le choix de *La Poursuite de l'amour* se révéla particulièrement judicieux et à sa manière décisif. Si Sa Majesté était encore tombée sur un ouvrage ennuyeux – l'un des premiers romans de George Eliot, par exemple, ou l'un des derniers de Henry James – elle aurait fort bien pu renoncer définitivement à la lecture, novice comme elle l'était dans cet art, et il n'y aurait pas la moindre histoire à raconter. Les livres, aurait-elle pensé, ne différaient guère du travail.

1. Fondateur du parti néonazi anglais, dans les années d'avant-guerre *(N.d.T.)*.

As it was, with this one she soon became engrossed and, passing her bedroom that night clutching his hot-water bottle, the duke heard her laugh out loud. He put his head round the door. "All right, old girl?"

"Of course. I'm reading."

"Again?" And he went off, shaking his head.

The next morning she had a little sniffle and, having no engagements, stayed in bed saying she felt she might be getting flu. This was uncharacteristic and also not true; it was actually so that she could get on with her book.

"The Queen has a slight cold" was what the nation was told, but what it was not told, and what the Queen herself did not know, was that this was only the first of a series of accommodations, some of them far-reaching, that her reading was going to involve.

The following day the Queen had one of her regular sessions with her private secretary, with as one of the items on the agenda what these days is called human resources.

"In my day," she had told him, "it was called personnel." Although actually it wasn't. It was called "the servants". She mentioned this, too, knowing it would provoke a reaction.

Mais celui-ci ne tarda pas à l'absorber et le soir même, passant devant sa chambre avec sa bouillotte, le duc l'entendit rire à gorge déployée. Il passa la tête dans l'embrasure de la porte. « Tout va bien, ma chère ?

— Bien sûr. Je suis en train de lire.

— Encore ? » Il s'éloigna en hochant la tête.

Le lendemain matin, elle avait le nez qui coulait. N'ayant aucun rendez-vous ce jour-là, elle resta alitée en prétextant qu'elle ne tenait pas à s'enrhumer pour de bon. C'était une attitude tout à fait inhabituelle de sa part. De surcroît, il s'agissait d'un mensonge éhonté. La vérité, c'est que cela lui permettait de poursuivre sa lecture.

« La reine a légèrement pris froid » : tel fut le communiqué officiel adressé à la nation. Mais ce qu'il ne disait pas – et que la reine elle-même ignorait – c'est qu'il s'agissait du premier de la longue série de compromis que son engouement pour la lecture allait susciter et dont certains devaient avoir de lourdes conséquences.

Le jour suivant, la reine avait rendez-vous avec son secrétaire particulier, comme c'était régulièrement le cas. Ils devaient notamment aborder la question de ce qui est désigné de nos jours sous le nom de ressources humaines.

« À mon époque, lui dit-elle, on appelait cela le personnel. » Ce n'était d'ailleurs pas tout à fait exact : on disait plus volontiers « les domestiques ». Elle le précisa à son secrétaire, sachant que cela ne manquerait pas de le faire réagir.

"That could be misconstrued, ma'am," said Sir Kevin. "One's aim is always to give the public no cause for offence. 'Servants' sends the wrong message."

"Human resources," said the Queen, "sends no message at all. At least not to me. However, since we're on the subject of human resources, there is one human resource currently working in the kitchens whom I would like promoted, or at any rate brought upstairs."

Sir Kevin had never heard of Seakins but on consulting several underlings Norman was eventually located.

"I cannot understand," said Her Majesty, "what he is doing in the kitchen in the first place. He's obviously a young man of some intelligence."

"Not dolly enough," said the equerry, though to the private secretary not to the Queen. "Thin, ginger-haired. Have a heart."

"Madam seems to like him," said Sir Kevin. "She wants him on her floor."

Thus it was that Norman found himself emancipated from washing dishes and fitted (with some difficulty) into a page's uniform and brought into waiting, where one of his first jobs was predictably to do with the library.

Not free the following Wednesday (gymnastics in Nuneaton),

« Cela pourrait être mal interprété, Madame, répondit sir Kevin. Il faut toujours faire en sorte que le public ne se sente pas offensé. Le terme de “domestiques” n’évoque rien de bien positif.

— Celui de “ressources humaines” n’évoque absolument rien, dit la reine. En tout cas à mes yeux. Toutefois, puisque nous abordons ce sujet, il y a un membre de nos ressources humaines qui travaille actuellement aux cuisines et que j’aimerais promouvoir, en l’affectant à cet étage. »

Sir Kevin n’avait jamais entendu parler de Seakins mais finit par le localiser, après avoir consulté plusieurs subalternes.

« Pour commencer, avait dit la reine, je ne comprends pas ce qu’il fabrique aux cuisines. C’est de toute évidence un jeune homme intelligent.

— Un peu indolent, à mon sens, déclara l’officier de la maison royale (au secrétaire particulier, il est vrai, et non pas à la reine). Un grand rouquin efflanqué. Je vous souhaite bon courage.

— Madame semble l’apprécier, dit sir Kevin. Elle souhaite qu’il soit muté à son étage. »

C’est ainsi que Norman se trouva déchargé des corvées de vaisselle et se glissa (non sans difficulté) dans un uniforme de page, rattaché au service de la reine. Comme on pouvait s’y attendre, l’une de ses premières fonctions concernait le bibliobus.

N’étant pas libre le mercredi suivant (elle devait se rendre au gymnase de Nuneaton),

the Queen gave Norman her Nancy Mitford to return, telling him that there was apparently a sequel and she wanted to read that too, plus anything else besides he thought she might fancy.

This commission caused him some anxiety. Well read up to a point, he was largely self-taught, his reading tending to be determined by whether an author was gay or not. Fairly wide remit though this was, it did narrow things down a bit, particularly when choosing a book for someone else, and the more so when that someone else happened to be the Queen.

Nor was Mr Hutchings much help, except that when he mentioned dogs as a subject that might interest Her Majesty it reminded Norman of something he had read that could fit the bill, J. R. Ackerley's novel *My Dog Tulip*. Mr Hutchings was dubious, pointing out that it was a gay book.

"Is it?" said Norman innocently. "I didn't realise that. She'll think it's just about the dog."

He took the books up to the Queen's floor and, having been told to make himself as scarce as possible, when the duke came by hid behind a boulle cabinet.

"Saw this extraordinary creature

la reine confia à Norman le soin de rapporter le livre de Nancy Mitford, en lui précisant qu'il avait apparemment une suite et qu'elle souhaitait la lire. Elle lui laissait également le soin de choisir à son intention tout autre volume susceptible de l'intéresser.

Cette dernière mission plongea Norman dans un certain embarras. C'était un assez bon lecteur, mais largement autodidacte, et il avait tendance à choisir ses lectures en fonction de l'appartenance de l'auteur à la communauté gay. Même si le champ d'exploration restait large, cela le limitait tout de même un peu, surtout quand il s'agissait de choisir un livre pour quelqu'un d'autre – et que cette personne n'était autre que la reine.

Mr Hutchings ne fut pas d'un grand secours, sauf en lui suggérant que les chiens intéressaient probablement Sa Majesté. Cela rappela à Norman un livre qu'il avait lu et qui devrait faire l'affaire : le roman de J. R. Ackerley, *Mon chien Tulipe.* Mr Hutchings se montra dubitatif et souligna le fait qu'il s'agissait d'un livre gay.

« Vraiment ? dit Norman d'un air innocent. Je ne m'en étais pas rendu compte. Mais elle fera surtout attention au chien. »

Il monta ensuite les ouvrages dans les appartements de la reine. Comme on lui avait recommandé la plus grande discrétion, il se cacha derrière un cabinet Boulle en voyant brusquement surgir le duc.

« J'ai aperçu cette créature extraordinaire

this afternoon," HRH reported later. "Ginger-stick-in-waiting."

"That would be Norman," said the Queen. "I met him in the travelling library. He used to work in the kitchen."

"I can see why," said the duke.

"He's very intelligent," said the Queen.

"He'll have to be," said the duke. "Looking like that."

"Tulip," said the Queen to Norman later. "Funny name for a dog."

"It's supposed to be fiction, ma'am, only the author did have a dog in life, an Alsatian." (He didn't tell her its name was Queenie.) "So it's really disguised autobiography."

"Oh," said the Queen. "Why disguise it?"

Norman thought she would find out when she read the book, but he didn't say so.

"None of his friends liked the dog, ma'am."

"One knows that feeling very well," said the Queen, and Norman nodded solemnly, the royal dogs being generally unpopular. The Queen smiled. What a find Norman was. She knew that she inhibited, made people shy, and few of the servants behaved like themselves. Oddity though he was,

cet après-midi, rapporta S.A.R. un peu plus tard dans la journée. Le Rouquin Efflanqué en personne.

— Il doit s'agir de Norman, dit la reine. J'ai fait sa connaissance dans le bibliobus. Il travaillait jusqu'alors aux cuisines.

— Cela ne m'étonne pas, dit le duc.

— Il est très intelligent, dit la reine.

— Il a intérêt, dit le duc. Avec un physique pareil. »

« Tulipe… C'est un drôle de nom pour un chien, dit un peu plus tard la reine à Norman.

— Le livre se présente comme une fiction, Madame, mais l'auteur possédait un chien dans la réalité, un berger alsacien. (Il s'abstint de lui révéler que l'animal avait été baptisé Queenie.) Il s'agit donc plutôt d'une autobiographie déguisée.

— Oh, dit la reine. Mais pourquoi l'avoir déguisée ? »

Norman songea qu'elle le découvrirait en lisant l'ouvrage, mais garda cette remarque pour lui.

« Aucun de ses amis n'aimait son chien, Madame.

— C'est une attitude que d'autres ont pu connaître. » Norman acquiesça d'un air solennel, les chiens du couple royal jouissant d'une impopularité quasi unanime. La reine sourit. Elle se félicitait d'avoir découvert Norman. Elle savait qu'elle intimidait les gens, le plus souvent, et que peu de domestiques se comportaient avec naturel devant elle. Si bizarre soit-il,

Norman was himself and seemed incapable of being anything else. That was very rare.

The Queen, though, might have been less pleased had she known that Norman was unaffected by her because she seemed to him so ancient, her royalty obliterated by her seniority. Queen she might be but she was also an old lady, and since Norman's introduction to the world of work had been via an old people's home on Tyneside old ladies held no terrors for him. To Norman she was his employer, but her age made her as much patient as Queen and in both capacities to be humoured, though this was, it's true, before he woke up to how sharp she was and how much wasted.

She was also intensely conventional and when she had started to read she thought perhaps she ought to do some of it at least in the place set aside for the purpose, namely the palace library. But though it was called the library and was indeed lined with books, a book was seldom if ever read there. Ultimatums were delivered here, lines drawn, prayer books compiled

Norman restait fidèle à lui-même et il ne lui venait visiblement pas à l'esprit de chercher à passer pour quelqu'un d'autre. Ce qui était extrêmement rare.

Mais la reine aurait sans doute été moins enchantée d'apprendre que c'était essentiellement en raison de son grand âge que Norman ne se troublait pas en sa présence : aux yeux du jeune homme, son statut royal disparaissait derrière son ancienneté. Certes, elle était reine, mais c'était aussi une vieille dame : Norman avait débuté dans la vie active comme employé dans un foyer pour personnes âgées, à Tyneside, et les vieilles dames lui étaient devenues indifférentes. Elle avait beau être son employeur, son âge avancé faisait d'elle une patiente plus qu'une souveraine, qu'il fallait d'ailleurs doublement ménager. Il est vrai qu'il raisonnait ainsi avant d'avoir compris à quel point elle était rusée, en dépit de l'usure des ans.

Elle était également extrêmement conventionnelle. Maintenant qu'elle s'était mise à lire, elle se disait qu'elle aurait peut-être dû le faire – ne serait-ce que de temps à autre – dans la pièce réservée à cet effet, à savoir la bibliothèque du palais. Mais celle-ci avait beau en porter le nom et être couverte de rayonnages chargés d'augustes ouvrages, on n'y lisait pratiquement plus de nos jours, à supposer qu'on l'ait fait autrefois. C'était dans cette pièce qu'arrivaient jadis les ultimatums, qu'on échafaudait des plans de bataille, qu'on compilait des livres de prière

and marriages decided upon, but should one want to curl up with a book the library was not the place. It was not easy even to lay hands on something to read, as on the open shelves, so called, the books were sequestered behind locked and gilded grilles. Many of them were priceless, which was another discouragement. No, if reading was to be done it were better done in a place not set aside for it. The Queen thought that there might be a lesson there and she went back upstairs.

Having finished the Nancy Mitford sequel, *Love in a Cold Climate*, the Queen was delighted to see she had written others, and though some of them seemed to be history she put them on her (newly started) reading list, which she kept in her desk. Meanwhile she got on with Norman's choice, *My Dog Tulip* by J. R. Ackerley. (Had she met him? She thought not.) She enjoyed the book if only because, as Norman had said, the dog in question seemed even more of a handful than hers and just about as unpopular. Seeing that Ackerley had written an autobiography, she sent Norman down to the London Library to borrow it.

et qu'on décidait des mariages princiers, mais ce n'était certainement pas l'endroit rêvé pour s'isoler avec un livre. Il était même quasi impossible de s'emparer du moindre volume, car les livres étaient barricadés derrière des panneaux grillagés et cadenassés à double tour. Sans compter que la plupart d'entre eux étaient d'une valeur inestimable, ce qui n'invitait guère à les manipuler. Non, puisque lecture il y avait, mieux valait la pratiquer dans un endroit que rien *a priori* ne prédestinait à ça. Avant de regagner son étage, la reine songea qu'il faudrait peut-être tirer leçon de ce constat.

Après avoir fini le deuxième volume de Nancy Mitford, *L'Amour dans un climat froid*, la reine s'aperçut avec délectation qu'elle avait écrit d'autres livres. Et même si certains d'entre eux relevaient apparemment de la chronique historique, elle les inscrivit sur la liste de lecture qu'elle venait d'inaugurer et qu'elle conservait dans un tiroir de son bureau. Entretemps, elle avait attaqué le volume que Norman avait choisi pour elle : *Mon chien Tulipe*, de J. R. Ackerley. (Avait-elle eu l'occasion de rencontrer l'auteur ? Elle ne le pensait pas.) Elle apprécia l'ouvrage, ne serait-ce que parce que le chien en question était encore plus insupportable que les siens – comme Norman le lui avait dit – et presque aussi unanimement détesté. S'apercevant qu'Ackerley avait également écrit son autobiographie, elle envoya Norman l'emprunter à la bibliothèque royale de Londres.

Patron of the London Library, she had seldom set foot in it and neither, of course, had Norman, but he came back full of wonder and excitement at how old-fashioned it was, saying it was the sort of library he had only read about in books and had thought confined to the past. He had wandered through its labyrinthine stacks marvelling that these were all books that he (or rather She) could borrow at will. So infectious was his enthusiasm that next time, the Queen thought, she might accompany him.

She read Ackerley's account of himself, unsurprised to find that, being a homosexual, he had worked for the BBC, though feeling also that he had had a sad life. His dog intrigued her, though she was disconcerted by the almost veterinary intimacies with which he indulged the creature. She was also surprised that the Guards seemed to be as readily available as the book made out and at such a reasonable tariff. She would have liked to have known more about this; but though she had equerries who were in the Guards she hardly felt able to ask.

E. M. Forster figured in the book, with whom she remembered spending an awkward half-hour when she invested him with the CH.

Bien que protectrice de l'établissement, elle y avait rarement mis les pieds – et Norman encore moins, cela va sans dire. Mais le jeune homme revint à la fois ébloui et enthousiasmé par l'endroit, déclarant que c'était le genre de bibliothèque dont il avait lu la description dans d'innombrables livres mais qu'il croyait être l'apanage du passé. Il avait erré parmi ses travées labyrinthiques, émerveillé à l'idée qu'il pouvait (enfin, que la reine pouvait) emprunter à sa guise n'importe lequel de ces volumes. Son enthousiasme était si communicatif que la reine songea à l'accompagner en personne, la prochaine fois.

Elle lut donc l'autobiographie d'Ackerley, découvrant sans surprise (étant donné qu'il était homosexuel) qu'il avait travaillé à la BBC, tout en songeant que son existence n'avait rien eu de bien folichon. Son chien l'intriguait, bien qu'elle fût déconcertée par l'intimité et l'attention presque vétérinaire qu'il accordait à cette créature. Elle était également surprise que les soldats de la Garde fussent aussi disponibles que le prétendait l'ouvrage – et pour un tarif aussi modeste. Elle aurait aimé en savoir un peu plus à ce sujet, mais bien qu'une fraction des officiers attachés à son service fissent partie de la Garde, elle hésitait à leur poser ce genre de questions.

Dans le livre apparaissait aussi E. M. Forster, en compagnie duquel elle se souvenait avoir passé une demi-heure épouvantable, lorsqu'elle l'avait décoré de la médaille des *Companions of Honour*.

Mouse-like and shy, he had said little and in such a small voice she had found him almost impossible to communicate with. Still, he was a bit of a dark horse. Sitting there with his hands pressed together like something out of *Alice in Wonderland*, he gave no hint of what he was thinking, and so she was pleasantly surprised to find on reading his biography that he had said afterwards that had she been a boy he would have fallen in love with her.

Of course he couldn't actually have said this to her face, she realised that, but the more she read the more she regretted how she intimidated people and wished that writers in particular had the courage to say what they later wrote down. What she was finding also was how one book led to another, doors kept opening wherever she turned and the days weren't long enough for the reading she wanted to do.

But there was regret, too, and mortification at the many opportunities she had missed. As a child she had met Masefield and Walter de la Mare; nothing much she could have said to them, but she had met T. S. Eliot, too, and there was Priestley and Philip Larkin and even Ted Hughes, to whom she'd taken a bit of a shine but who remained

Timide et recroquevillé dans son coin comme une souris, il n'avait pas dit trois mots – et d'une voix si ténue qu'on l'entendait à peine. Il cachait pourtant bien son jeu. Assis de la sorte, telle une créature surgie d'*Alice au pays des merveilles*, il ne laissait rien paraître des sentiments qui l'agitaient. Aussi avait-elle été agréablement surprise, en lisant sa biographie, de découvrir les propos qu'il avait tenus par la suite : il avait en effet déclaré qu'il serait à coup sûr tombé amoureux d'elle si elle avait été un garçon.

Il n'aurait évidemment pas pu lui faire une telle déclaration de vive voix, elle en avait bien conscience. Mais plus elle lisait, et plus elle regrettait d'intimider ainsi les gens. Elle aurait bien aimé que les écrivains en particulier aient le courage de lui dire en face ce qu'ils confiaient ensuite au papier. Elle découvrait également que chaque livre l'entraînait vers d'autres livres, que les portes ne cessaient de s'ouvrir, quels que soient les chemins empruntés, et que les journées n'étaient pas assez longues pour lire autant qu'elle l'aurait voulu.

Mais elle éprouvait aussi du regret, et même une certaine humiliation, en songeant à toutes les opportunités qu'elle avait laissées filer. Dans son enfance, elle avait rencontré Masefield et Walter de la Mare. Elle n'aurait d'ailleurs pas eu grand-chose à leur dire, mais elle avait également croisé T. S. Eliot, Priestley, Philip Larkin et même Ted Hughes – à qui elle aurait bien voulu arracher deux ou trois mots mais qui était resté

nonplussed in her presence. And it was because she had at that time read so little of what they had written that she could not find anything to say and they, of course, had not said much of interest to her. What a waste.

She made the mistake of mentioning this to Sir Kevin.

"But ma'am must have been briefed, surely?"

"Of course," said the Queen, "but briefing is not reading. In fact it is the antithesis of reading. Briefing is terse, factual and to the point. Reading is untidy, discursive and perpetually inviting. Briefing closes down a subject, reading opens it up."

"I wonder whether I can bring Your Majesty back to the visit to the shoe factory," said Sir Kevin.

"Next time," said the Queen shortly. "Where did I put my book?"

Having discovered the delights of reading herself, Her Majesty was keen to pass them on.

"Do you read, Summers?" she said to the chauffeur en route for Northampton.

"Read, ma'am?"

"Books?"

"When I get the chance, ma'am. I never seem to find the time."

tétanisé en sa présence. Tout cela parce qu'elle avait si peu lu, à l'époque, notamment les livres qu'ils avaient écrits, et qu'elle n'avait rien trouvé à leur dire : et eux, de leur côté, ne lui avaient bien sûr tenu que des propos insignifiants. Quel gâchis…

Elle commit l'erreur d'aborder ce sujet avec sir Kevin.

« Mais Madame avait sûrement été briefée ?

— Bien sûr, dit la reine. Mais être briefé, ce n'est pas lire : c'est même exactement l'inverse. Le briefing doit être concis, concret, efficace. La lecture est désordonnée, décousue et constamment attrayante. Le briefing vise à clore une discussion, la lecture ne cesse de la relancer.

— Oserai-je rappeler à Sa Majesté qu'il était question de visiter cette fabrique de chaussures ? répondit sir Kevin.

— Nous en parlerons la prochaine fois, dit sèchement la reine. Où ai-je mis mon livre ? »

Ayant découvert par elle-même les plaisirs de la lecture, Sa Majesté ne demandait pas mieux que de les partager.

« Vous arrive-t-il de lire, Summers ? demanda-t-elle à son chauffeur, sur la route de Northampton.

— De lire, Madame ?

— Oui, de lire des livres.

— Lorsque l'occasion se présente, Madame. Je trouve rarement le temps.

"That's what a lot of people say. One must make the time. Take this morning. You're going to be sitting outside the town hall waiting for me. You could read then."

"I have to watch the motor, ma'am. This is the Midlands. Vandalism is universal."

With Her Majesty safely delivered into the hands of the lord lieutenant, Summers did a precautionary circuit of the motor, then settled down in his seat. Read? Of course he read. Everybody read. He opened the glove compartment and took out his copy of the *Sun*.

Others, notably Norman, were more sympathetic, and from him she made no attempt to hide her shortcomings as a reader or her lack of cultural credentials altogether.

"Do you know," she said one afternoon as they were reading in her study, "do you know the area in which one would truly excel?"

"No, ma'am?"

"The pub quiz. One has been everywhere, seen everything and though one might have difficulty with pop music and some sport, when it comes to the capital of Zimbabwe, say, or the principal exports of New South Wales, I have all that at my fingertips."

— C'est ce que disent la plupart des gens. Mais il suffit de se l'accorder, ce temps. Regardez : ce matin, par exemple, vous allez devoir faire le pied de grue devant l'hôtel de ville. Vous pourriez très bien lire, en m'attendant.

— Il faut que je surveille la voiture, Madame. Nous sommes dans les Midlands. Les vandales ne manquent pas. »

Une fois Sa Majesté remise entre les mains du lord-lieutenant, Summers laissa tourner le moteur pendant quelques instants, en vérifiant que tout était en ordre, puis alla s'asseoir sur son siège. Lire ? Bien sûr, qu'il lisait. Tout le monde lisait. Il ouvrit la boîte à gants et sortit son exemplaire du *Sun*.

D'autres – Norman, en particulier – se montraient plus réceptifs. La reine ne cherchait d'ailleurs pas à lui masquer ses défaillances de lectrice, ni plus généralement ses lacunes en matière culturelle.

« Savez-vous dans quel registre je pourrais véritablement briller ? lui dit-elle un après-midi où ils lisaient ensemble dans son bureau.

— Non, Madame.

— Les émissions du genre "Questions pour un champion". En admettant même que la pop music ou le sport puissent me poser quelques problèmes, comme j'ai parcouru le monde entier et visité tous les pays, je connais la plupart des réponses sur le bout des doigts, qu'il s'agisse de la capitale du Zimbabwe ou des ressources naturelles de la Nouvelle-Galles du Sud.

"And I could do the pop," said Norman.

"Yes," said the Queen. "We would make a good team. Ah well. The road not travelled. Who's that?"

"Who, ma'am?"

"The road not travelled. Look it up."

Norman looked it up in the *Dictionary of Quotations* to find that it was Robert Frost.

"I know the word for you," said the Queen.

"Ma'am?"

"You run errands, you change my library books, you look up awkward words in the dictionary and find me quotations. Do you know what you are?"

"I used to be a skivvy, ma'am."

"Well, you're not a skivvy now. You're my amanuensis."

Norman looked it up in the dictionary the Queen now kept always on her desk. "One who writes from dictation, copies manuscripts. A literary assistant."

The new amanuensis had a chair in the corridor, handy for the Queen's office, on which, when he was not on call or running errands, he would spend his time reading. This did him no good at all with the other pages,

— Je pourrais vous donner un coup de main pour la pop, dit Norman.

— Oui, dit la reine. Nous formerions une bonne équipe. Ah... “La route que nul n’emprunte”... De qui est-ce ?

— Pardon, Madame ?

— “La route que nul n’emprunte”. Pouvez-vous vérifier ? »

Norman consulta le *Dictionnaire des citations* et découvrit qu’il s’agissait de Robert Frost.

« J’ai trouvé le terme qui vous convient, dit la reine.

— Oui, Madame ?

— Vous faites les courses, vous rapportez mes livres à la bibliothèque, vous cherchez dans le dictionnaire les définitions des mots rares et l’origine des citations. Savez-vous quel nom correspond à cette fonction ?

— Auparavant, j’étais homme à tout faire, Madame.

— Eh bien, vous ne l’êtes plus à présent. Vous êtes mon tabellion particulier. »

Norman chercha le mot dans le dictionnaire qui ne quittait désormais plus le bureau de la reine : « Celui qui écrit sous la dictée ou recopie des manuscrits ; assistant littéraire. »

Le nouveau tabellion disposait d’une chaise dans le couloir, à côté du bureau de la reine : il y restait assis et passait son temps à lire quand il n’était pas appelé auprès de Sa Majesté ou parti faire une course. Du coup, il n’était pas très bien vu par les autres pages,

who thought he was on a cushy number and not comely enough to deserve it. Occasionally a passing equerry would stop and ask him if he had nothing better to do than read, and to begin with he had been stuck for a reply. Nowadays, though, he said he was reading something for Her Majesty, which was often true but was also satisfactorily irritating and so sent the equerry away in a bad temper.

Reading more and more, the Queen now drew her books from various libraries, including some of her own, but for sentimental reasons and because she liked Mr Hutchings, she still occasionally made a trip down to the kitchen yard to patronise the travelling library.

One Wednesday afternoon, though, it wasn't there, nor the following week either. Norman was straightaway on the case, only to be told that the visit to the palace had been cancelled due to all-round cutbacks. Undeterred, Norman eventually tracked the library down to Pimlico, where in a schoolyard he found Mr Hutchings still doggedly at the wheel, sticking labels on the books. Mr Hutchings told him that though he had pointed out to the Libraries Outreach Department that Her Majesty was one of their borrowers

qui avaient tendance à considérer qu'il se tournait les pouces et ne possédait pas la dignité nécessaire à sa fonction. Un officier attaché au service de la reine lui demandait de temps à autre s'il n'avait rien de mieux à faire. Au début, il ne savait pas trop quoi répondre. Mais maintenant, il disait qu'il lisait tel ou tel livre à la demande de Sa Majesté, ce qui était d'ailleurs souvent la vérité, mais suscitait une irritation perceptible chez son interlocuteur, qui s'éloignait en grommelant d'un air désapprobateur.

Comme elle lisait de plus en plus, la reine se fournissait désormais auprès de diverses bibliothèques, y compris les siennes. Mais pour des raisons sentimentales, et parce qu'elle aimait bien Mr Hutchings, il lui arrivait parfois de descendre dans l'arrière-cour des cuisines et de soutenir dans ses efforts le responsable du bibliobus.

Un mercredi après-midi, toutefois, le véhicule ne se montra pas ; et on ne le vit pas davantage la semaine suivante. Norman fut aussitôt chargé de se renseigner sur cette affaire et apprit que le passage du bibliobus au palais avait été supprimé suite à de sévères restrictions budgétaires. Norman ne se découragea pas et finit par retrouver le véhicule dans la cour d'une école de Pimlico : Mr Hutchings était toujours assis derrière son volant, à coller des étiquettes. Il lui expliqua qu'il avait fait valoir aux responsables des bibliothèques itinérantes que Sa Majesté était au nombre de ses clientes,

this cut no ice with the council, which, prior to axing the visits, said that inquiries had been made at the palace and it had disclaimed any interest in the matter.

Told this by the outraged Norman, the Queen seemed unsurprised, but though she said nothing to him it confirmed what she had suspected, namely that in royal circles reading, or at any rate her reading, was not well looked on.

Small setback though the loss of the travelling library was, there was one happy outcome, as Mr Hutchings found himself figuring on the next honours list; it was, admittedly, in quite a lowly capacity, but numbered among those who had done Her Majesty some special and personal service. This was not well looked on either, particularly by Sir Kevin.

Since he was from New Zealand and something of a departure when he was appointed, Sir Kevin Scatchard had inevitably been hailed in the press as a new broom, a young(ish) man who would sweep away some of the redundant deference and more flagrant flummeries that were monarchy's customary accretions, the Crown in this version pictured as not unlike

mais cela avait laissé de marbre le conseil municipal. On lui apprit en effet qu'avant de supprimer ces visites, la municipalité avait mené une discrète enquête au palais, où la question n'intéressait apparemment personne.

La reine écoutait Norman lui rapporter ces faits d'un air scandalisé, mais au fond cela ne la surprenait guère. Elle ne le lui avoua pas, mais l'histoire confirmait ce qu'elle soupçonnait déjà, à savoir que dans les cercles monarchiques, la passion de la lecture – la sienne, en tout cas – n'était pas particulièrement bien vue.

Si la disparition du bibliobus était une déconvenue, elle eut au moins une heureuse conséquence, puisque Mr Hutchings se retrouva inscrit sur le nouveau tableau d'honneur royal. Il ne figurait certes pas au premier rang, tant s'en faut, mais était nommé parmi les sujets qui avaient rendu à Sa Majesté, à titre personnel, un service digne d'être souligné. Cela non plus ne fut pas très bien vu, notamment par sir Kevin.

En raison de ses origines néo-zélandaises et du renouveau qu'il semblait incarner, la nomination de sir Kevin Scatchard avait eu les faveurs de la presse, ainsi qu'il était prévisible, comme si cet homme encore dans la fleur de l'âge allait enfin donner le coup de balai qu'on attendait et mettre un terme à l'excès de déférence et aux flagorneries éhontées qui étaient l'apanage croissant de la monarchie. Certains allaient jusqu'à comparer l'état de cette dernière à la fameuse

Miss Havisham's wedding feast – the cobwebbed chandeliers, the mice-infested cake and Sir Kevin as Mr Pip tearing down the rotting curtains to let in the light. The Queen, who had the advantage of having once been a breath of fresh air herself, was unconvinced by this scenario, suspecting that this brisk Antipodean wind would in due course blow itself out. Private secretaries, like prime ministers, came and went, and in Sir Kevin's case the Queen felt she might simply be a stepping stone to those corporate heights for which he was undoubtedly headed. He was a graduate of the Harvard Business School and one of his publicly stated aims ("setting out our stall," as he put it) was to make the monarchy more accessible. The opening of Buckingham Palace to visitors had been a step down this road, as was the use of the garden for occasional concerts, pop and otherwise. The reading, though, made him uneasy.

"I feel, ma'am, that while not exactly elitist it sends the wrong message. It tends to exclude."

réception de mariage de miss Havisham[1], avec ses chandeliers couverts de toiles d'araignées et son gâteau infesté de souris – sir Kevin tenant le rôle de Mr Pip et écartant les rideaux rongés aux mites pour laisser entrer la lumière. La reine, qui avait l'avantage d'avoir elle-même incarné jadis cette bouffée d'air frais, restait plutôt sceptique face à un tel scénario, convaincue que cette bourrasque venue des antipodes retomberait d'elle-même, le moment venu. Les secrétaires particuliers allaient et venaient, comme les Premiers ministres, et dans le cas de sir Kevin la reine avait l'impression d'être un simple marchepied vers les sommets étatiques qu'il ambitionnait visiblement d'atteindre. Il était diplômé de Harvard et l'un de ses buts publiquement affichés était « d'embellir notre modeste étable », pour reprendre sa formule, c'est-à-dire de rendre la monarchie plus accessible. L'ouverture du palais de Buckingham au public pour des visites guidées avait été l'une de ses premières initiatives en ce sens, tout comme l'organisation de concerts occasionnels, de pop music ou autre, dans les jardins royaux. Mais cette affaire de lecture le mettait mal à l'aise.

« J'ai l'impression, Madame, que sans être précisément élitiste, cette attitude n'envoie pas le bon message aux gens. Elle tend plus ou moins à les exclure.

1. Personnage du roman *Les Grandes Espérances*, de Charles Dickens *(N.d.É.)*.

"Exclude? Surely most people can read?"

"They can read, ma'am, but I'm not sure that they do."

"Then, Sir Kevin, I am setting them a good example."

She smiled sweetly, while noting that these days Sir Kevin was much less of a New Zealander than when he had first been appointed, his accent now with only a tincture of that Kiwi connection about which Her Majesty knew he was sensitive and of which he did not wish to be reminded (Norman had told her).

Another delicate issue was his name. The private secretary felt burdened by his name: Kevin was not the name he would have chosen for himself and disliking it made him more aware of the number of times the Queen used it, though she could hardly have been aware of how demeaning he felt it.

In fact she knew perfectly well (Norman again), but to her everybody's name was immaterial, as indeed was everything else, their clothes, their voice, their class. She was a genuine democrat, perhaps the only one in the country.

To Sir Kevin, though, it seemed that she used his name unnecessarily

— Les exclure ? La plupart des gens savent lire.

— Ils savent effectivement lire, Madame, mais je ne suis pas certain qu'ils le fassent.

— Dans ce cas, sir Kevin, je leur donne le bon exemple. »

Elle sourit avec douceur, en remarquant que depuis quelque temps sir Kevin présentait des traits nettement moins néo-zélandais qu'à l'époque de son engagement : son accent en particulier avait presque entièrement perdu cette nuance propre à son pays d'origine – détail auquel il était sensible, Sa Majesté ne l'ignorait pas, même s'il n'aimait guère qu'on le lui rappelle (elle le savait grâce à Norman).

L'autre sujet délicat concernait son prénom, que le secrétaire particulier portait comme un boulet. Jamais il n'aurait choisi de lui-même de s'appeler Kevin, et la fréquence à laquelle ce prénom revenait dans la bouche de la reine le mettait au supplice, même si elle pouvait difficilement se rendre compte du malaise qu'il lui inspirait.

En fait, elle en avait parfaitement conscience (là encore, grâce à Norman), mais pour elle le prénom des gens avait quelque chose d'immatériel – comme leurs vêtements, du reste, leur intonation ou leur rang dans la société. Elle était sur ce plan une authentique démocrate, la seule peut-être du pays.

Aux yeux de sir Kevin, toutefois, il semblait qu'elle prononçait ce prénom beaucoup plus

often, and there were times when he was sure she gave it a breath of New Zealand, that land of sheep and Sunday afternoons, and a country which, as head of the Commonwealth, she had several times visited and claimed to be enthusiastic about.

"It's important," said Sir Kevin, "that Your Majesty should stay focused."

"When you say 'stay focused', Sir Kevin, I suppose you mean one should keep one's eye on the bail. Well, I've had my eye on the bail for more than fifty years so I think these days one is allowed the occasional glance to the boundary." She felt that her metaphor had probably slipped a little there, not, though, that Sir Kevin noticed.

"I can understand," he said, "Your Majesty's need to pass the time."

"Pass the time?" said the Queen. "Books are not about passing the time. They're about other lives. Other worlds. Far from wanting time to pass, Sir Kevin, one just wishes one had more of it. If one wanted to pass the time one could go to New Zealand."

With two mentions of his name and one of New Zealand Sir Kevin retired hurt. Still, he had made a point and he would have been gratified to know that it left the Queen troubled,

souvent qu'il n'était nécessaire. Et en certaines occasions, il était convaincu qu'elle sentait souffler à travers lui l'air de la Nouvelle-Zélande, pays des moutons et des longs après-midi dominicaux qu'elle avait visité à plusieurs reprises, en tant que patronne du Commonwealth, sans dissimuler l'enthousiasme qu'il lui inspirait.

« Il est important, reprit sir Kevin, que Votre Majesté reste concentrée.

— En me demandant de "rester concentrée", sir Kevin, je suppose que vous voulez dire que je ne dois pas quitter la balle des yeux. Ma foi, c'est ce que j'ai fait pendant plus de cinquante ans et j'estime avoir désormais le droit de jeter de temps à autre un coup d'œil en dehors du terrain. » Elle se dit que sa métaphore avait un peu dérapé, mais sir Kevin ne semblait pas l'avoir remarqué.

« Je conçois, reprit-il, que Votre Majesté ait besoin d'un passe-temps.

— Un passe-temps ? dit la reine. Les livres sont tout sauf un passe-temps. Ils sont là pour vous parler d'autres vies, d'autres mondes. Loin de vouloir passer le temps, sir Kevin, j'aimerais au contraire en avoir davantage à ma disposition. Si j'avais envie de passer le temps, j'irais en Nouvelle-Zélande. »

Son prénom ayant été mentionné à deux reprises – sans compter l'allusion à la Nouvelle-Zélande –, sir Kevin se retira vaguement humilié. Il avait pourtant marqué un point et aurait été ravi d'apprendre que sa remarque avait troublé la reine.

and wondering why it was that at this particular time in her life she had suddenly felt the pull of books. Where had this appetite come from?

Few people, after all, had seen more of the world than she had. There was scarcely a country she had not visited, a notability she had not met. Herself part of the panoply of the world, why now was she intrigued by books which, whatever else they might be, were just a reflection of the world or a version of it? Books? She had seen the real thing.

"I read, I think," she said to Norman, "because one has a duty to find out what people are like," a trite enough remark of which Norman took not much notice, feeling himself under no such obligation and reading purely for pleasure, not enlightenment, though part of the pleasure was the enlightenment, he could see that. But duty did not come into it.

To someone with the background of the Queen, though, pleasure had always taken second place to duty. If she could feel she had a duty to read then she could set about it with a clear conscience, with the pleasure, if pleasure there was, incidental.

Pourquoi, se demandait-elle, avait-elle brusquement ressenti cet attrait pour les livres, à ce moment précis de son existence ? D'où lui venait ce soudain appétit ?

Peu de gens, après tout, avaient comme elle parcouru la terre entière. Il y avait peu de pays qu'elle n'avait jamais visités, peu de célébrités qui ne lui avaient pas été présentées. Et elle faisait elle-même partie du spectacle du monde. Pourquoi était-elle donc attirée aujourd'hui par les livres, qui – quelle que soit par ailleurs leur vertu – n'étaient finalement qu'un reflet, une version du monde ? À quoi bon tous ces livres, puisqu'elle avait vu les choses en vrai ?

« Je crois que je me suis mise à lire par devoir, dit-elle un jour à Norman. Il fallait que je découvre de quoi les gens ont l'air, pour de bon. » La remarque était un peu triviale et Norman n'y prêta guère attention, n'éprouvant quant à lui aucune obligation de ce genre. Il lisait pour son seul plaisir, non pour accroître ses connaissances – même si cet accroissement participait de son plaisir, il en avait bien conscience. Mais le sentiment du devoir n'avait rien à voir là-dedans.

Pour quelqu'un qui avait reçu l'éducation de la reine, néanmoins, la notion de plaisir était toujours passée au second plan, bien après celle du devoir. Si elle avait l'impression que son devoir était de lire, elle pouvait décider d'y consacrer son temps ; et si le plaisir en découlait, cela restait aléatoire et tout à fait secondaire.

But why did it take possession of her now? This she did not discuss with Norman, as she felt it had to do with who she was and the position she occupied.

The appeal of reading, she thought, lay in its indifference: there was something lofty about literature. Books did not care who was reading them or whether one read them or not. All readers were equal, herself included. Literature, she thought, is a commonwealth; letters a republic. Actually she had heard this phrase, the republic of letters, used before, at graduation ceremonies, honorary degrees and the like, though without knowing quite what it meant. At that time talk of a republic of any sort she had thought mildly insulting and in her actual presence tactless to say the least. It was only now she understood what it meant. Books did not defer. All readers were equal, and this took her back to the beginning of her life. As a girl, one of her greatest thrills had been on VE night, when she and her sister had slipped out of the gates and mingled unrecognised with the crowds. There was something of that, she felt, to reading. It was anonymous; it was shared; it was common. And she who had led a life apart now found that she craved it. Here in these pages

Mais pourquoi cela lui arrivait-il maintenant ? Elle n'aborda pas cette question avec Norman, sentant bien que cela avait à voir avec la personne qu'elle était et la position qu'elle occupait.

Cet attrait pour la lecture, songeait-elle, tenait au caractère altier et presque indifférent de la littérature. Les livres ne se souciaient pas de leurs lecteurs, ni même de savoir s'ils étaient lus. Tout le monde était égal devant eux, y compris elle. La littérature est une communauté, les lettres sont une république. Elle avait déjà entendu cette formule, lors de remises de médailles et de cérémonies diverses, sans savoir au juste ce qu'elle signifiait. À cette époque, elle considérait que la moindre allusion à quelque république que ce soit avait en sa présence quelque chose de déplacé et de vaguement insultant, pour ne pas dire plus. Aujourd'hui seulement elle en comprenait le sens. Les livres ne varient pas. Tous les lecteurs sont égaux. Et cela la ramenait d'une certaine façon au début de son existence. Dans son enfance, elle avait connu l'une des plus grandes émotions de sa vie : sa sœur et elle s'étaient faufilées hors des grilles du palais, un soir de fête, et s'étaient mêlées à la foule sans qu'on les reconnaisse. La lecture procurait un sentiment du même ordre. Il y avait en elle quelque chose d'anonyme, de partagé, de commun. Ayant mené une existence à part, elle se rendait compte à présent qu'elle désirait ardemment éprouver un tel sentiment : elle pouvait parcourir toutes ces pages,

and between these covers she could go unrecognized.

These doubts and self-questionings, though, were just the beginning. Once she got into her stride it ceased to seem strange to her that she wanted to read, and books, to which she had taken so cautiously, gradually came to be her element.

One of the Queen's recurrent royal responsibilities was to open Parliament, an obligation she had never previously found particularly burdensome and actually rather enjoyed: to be driven down the Mall on a bright autumn morning even after fifty years was something of a treat. But not any more. She was dreading the two hours the whole thing was due to take, though fortunately they were in the coach, not the open carriage, so she could take along her book. She'd got quite good at reading and waving, the trick being to keep the book below the level of the window and to keep focused on it and not on the crowds. The duke didn't like it one bit, of course, but goodness it helped.

Which was all very well, except it was only when she was actually in the coach, with the procession drawn up in the palace forecourt and ready for the off, that,

l'espace contenu entre les couvertures de tous ces livres, sans qu'on la reconnaisse.

Toutefois, ces doutes et ces interrogations ne se posèrent à elle qu'au début de son parcours. Une fois initiée, le phénomène de la lecture cessa de lui paraître étrange et les livres qu'elle avait initialement abordés avec une certaine prudence devinrent peu à peu son élément naturel.

L'une des obligations récurrentes de la reine était l'ouverture annuelle des sessions du Parlement, charge qu'elle trouvait jusqu'alors plutôt attrayante : descendre le Mall par une belle matinée d'automne était toujours un régal, même au bout de cinquante ans. Mais il n'en allait plus de même à présent. Elle appréhendait les deux interminables heures que la cérémonie allait lui prendre. Heureusement, le trajet devait s'effectuer à bord du carrosse et non du cabriolet découvert, ce qui lui permettrait d'emporter son livre. Elle arrivait fort bien à lire tout en saluant la foule de la main : il suffisait qu'on maintienne le volume ouvert devant elle, juste en dessous de la fenêtre, et qu'elle ne le quitte pas des yeux. Évidemment, cela n'enchantait guère le duc, mais c'était relativement efficace.

Tout était donc au point, sauf qu'à la dernière minute, alors qu'elle avait déjà pris place à bord du carrosse et que la procession prête à la suivre s'étirait dans la cour du palais,

as she put on her glasses, she realised she'd forgotten the book. And while the duke fumes in the corner and the postillions fidget, the horses shift and the harness clinks, Norman is rung on the mobile. The Guardsmen stand at ease and the procession waits. The officer in charge looks at his watch. Two minutes late. Knowing nothing displeases Her Majesty more and knowing nothing of the book, he does not look forward to the repercussions that must inevitably follow. But here is Norman, skittering across the gravel with the book thoughtfully hidden in a shawl, and off they go.

Still, it is an ill-tempered royal couple that is driven down the Mall, the duke waving viciously from his side, the Queen listlessly from hers, and at some speed, too, as the procession tries to pick up the two minutes that have been lost.

At Westminster she popped the offending book behind a cushion in the carriage ready for the journey back, mindful as she sat on the throne and embarked on her speech of how tedious was the twaddle she was called on to deliver and that this was actually the only occasion when she got to read aloud to the nation. "My government will do this . . . my government will do that."

elle s'aperçut après avoir chaussé ses lunettes qu'elle avait oublié son livre. Tandis que le duc pestait dans son coin, que les postillons s'agitaient, que les chevaux renâclaient et que les harnais grinçaient, on appela Norman sur le portable. La garde royale se mit au repos et la procession s'immobilisa. L'officier qui était en charge des opérations regarda sa montre : deux minutes de retard. Sachant que rien ne contrariait davantage Sa Majesté et ignorant de quel livre il s'agissait, il n'osait imaginer les répercussions qui ne manqueraient pas d'en découler. Mais Norman surgit tout à coup, courant sur le gravier et chargé du précieux volume, qu'on avait eu soin de dissimuler dans les épaisseurs d'un châle : on put enfin se mettre en route.

Ce fut toutefois un couple royal de fort mauvaise humeur qui descendit le Mall, le duc saluant de son côté la foule d'un air excédé, et la reine du sien avec indifférence – au pas de charge en plus, la procession cherchant désespérément à rattraper ses deux minutes de retard.

Arrivée à Westminster, en prévision du retour, elle glissa l'objet du délit sous un coussin, à l'intérieur du carrosse. Elle était consciente, en s'asseyant sur le trône et en entamant son discours, du caractère fastidieux des fadaises que son devoir l'obligeait à proférer – alors que c'était l'unique occasion qui s'offrait à elle de lire quelque chose à la nation. « Mon gouvernement fera ceci… mon gouvernement fera cela… »

It was so barbarously phrased and wholly devoid of style or interest that she felt it demeaned the very act of reading itself, with this year's performance even more garbled than usual as she, too, tried to pick up the missing couple of minutes.

It was with some relief that she got back into the coach and reached behind the cushion for her book. It was not there. Steadfastly waving as they rumbled along, she surreptitiously felt behind the other cushions.

"You're not sitting on it?"

"Sitting on what?"

"My book."

"No, I am not. Some British Legion people here, and wheelchairs. Wave, for God's sake."

When they arrived at the palace she had a word with Grant, the young footman in charge, who said that while ma'am had been in the Lords the sniffer dogs had been round and security had confiscated the book. He thought it had probably been exploded.

"Exploded?" said the Queen. "But it was Anita Brookner."

The young man, who seemed remarkably undeferential, said security may have thought it was a device.

Cette prose était tellement dénuée de style et d'intérêt que cela rabaissait à ses yeux l'acte même de lire. Et sa performance avait quelque chose d'encore plus faux cette année, étant donné qu'elle essayait elle aussi de rattraper ces deux minutes de retard.

Ce fut avec un certain soulagement qu'elle regagna le carrosse et souleva le coussin pour récupérer son livre. Il n'y était pas. Tout en saluant vaillamment la foule de la main, une fois le véhicule en route, elle palpa subrepticement les autres coussins.

« Vous n'êtes pas assis dessus ?

— Assis sur quoi ?

— Sur mon livre.

— Nullement. Il y a des membres de la Légion britannique de votre côté, ma chère, ainsi que des personnes en fauteuil roulant. Faites-leur signe, bon sang. »

Une fois rentrée au palais, elle eut un vif échange avec Grant, le jeune valet de pied en charge de ces questions, qui lui expliqua que pendant que Sa Majesté lisait son discours devant la Chambre des lords, les chiens renifleurs avaient inspecté le carrosse et que le livre avait été embarqué par les services de sécurité, qui l'avaient probablement fait exploser.

« Exploser ? dit la reine. Mais c'était un livre d'Anita Brookner. »

Avec un manque de déférence évident, le jeune homme répondit que la sécurité avait dû penser qu'il s'agissait d'un détonateur.

The Queen said: "Yes. That is exactly what it is. A book is a device to ignite the imagination."

The footman said: "Yes, ma'am."

It was as if he was talking to his grandmother, and not for the first time the Queen was made unpleasantly aware of the hostility her reading seemed to arouse.

"Very well," she said. "Then you should inform security that I shall expect to find another copy of the same book, vetted and explosive-free, waiting on my desk tomorrow morning. And another thing. The carriage cushions are filthy. Look at my gloves." Her Majesty departed.

"Fuck," said the footman, fishing out the book from where he had been told to hide it down the front of his breeches. But of the lateness of the procession, to everyone's surprise nothing was officially said.

This dislike of the Queen's reading was not confined to the household. Whereas in the past walkies had meant a noisy and unrestrained romp in the grounds, these days, once she was out of sight of the house Her Majesty sank onto the nearest seat and took out her book. Occasionally she threw a bored biscuit in the direction of the dogs, but there was none of that ball-throwing, stick-fetching and orchestrated frenzy that used to enliven their perambulations.

« Oui. C'est exact, dit la reine. Un livre est une véritable bombe pour l'imagination.

— Oui, Madame », répondit le valet de pied.

On aurait dit qu'il s'adressait à sa grand-mère. Ce n'était pas la première fois que la reine constatait, avec un certain déplaisir, l'hostilité que semblait susciter son engouement pour la lecture.

« Très bien, dit-elle. Vous informerez donc les services de sécurité que j'espère découvrir demain matin sur mon bureau un autre exemplaire de cet ouvrage, contrôlé par leurs soins et délesté de ses éventuels explosifs. Autre chose : les coussins du carrosse sont sales. Regardez dans quel état sont mes gants, ajouta-t-elle avant de quitter les lieux.

— Merde », dit le valet de pied en retirant le livre de son pantalon, où on lui avait demandé de le cacher. Quant au retard qu'avait connu la procession, il ne suscita aucun commentaire officiel, à la surprise générale.

La réprobation que provoquaient les lectures de la reine n'était pas l'apanage du personnel du palais. Alors qu'autrefois ses promenades étaient l'occasion pour ses chiens de gambader bruyamment et sans retenue sur les pelouses, elle s'asseyait à présent sur le premier banc venu, sitôt le palais hors de vue, et se mettait à lire. Elle leur donnait bien un biscuit de temps en temps, mais les lancers de balle ou de bâton et la frénésie qui caractérisait jadis leurs allées et venues n'étaient décidément plus de saison.

Indulged and bad-tempered though they were, the dogs were not unintelligent, so it was not surprising that in a short space of time they came to hate books as the spoilsports they were (and always have been).

Did Her Majesty ever let a book fall to the carpet it would straightaway be leaped on by any attendant dog, worried and slavered over and borne to the distant reaches of the palace or wherever so that it could be satisfyingly torn apart. The James Tait Black prize notwithstanding, Ian McEwan had ended up like this and even A. S. Byatt. Patron of the London Library though she was, Her Majesty regularly found herself on the phone apologising to the renewals clerk for the loss of yet another volume.

The dogs disliked Norman, too, and in so far as the young man could be blamed for some at least of the Queen's literary enthusiasm, Sir Kevin didn't care for him either. He was also irritated by his constant proximity because, while he was never actually in the room when the private secretary talked to the Queen, he was always within call.

They were discussing a royal visit to Wales due to take place in a fortnight's time.

En dépit de l'indulgence dont ils bénéficiaient (et de leur mauvais caractère), ces chiens n'étaient pas totalement stupides : rien d'étonnant donc qu'en un temps record ils se soient mis à détester les livres, étant donné la concurrence déloyale que ceux-ci leur livraient.

Si jamais Sa Majesté avait le malheur d'en laisser tomber un sur le tapis, le chien le plus proche se jetait aussitôt dessus, le saisissait dans sa gueule ruisselante de bave et l'emmenait au fin fond du palais où il pouvait tranquillement le mettre en pièces, dans un recoin quelconque. Ian McEwan avait subi ce triste sort, en dépit du respectable prix qu'il venait de recevoir, tout comme A. S. Byatt. Malgré son statut de protectrice de la bibliothèque de Londres, Sa Majesté se voyait fréquemment dans l'obligation de décrocher le téléphone et de s'excuser en personne, en déplorant la perte d'un nouveau volume.

Les chiens regardaient également Norman de travers. Attendu que le jeune homme pouvait être tenu au moins en partie pour responsable de l'enthousiasme littéraire de la reine, sir Kevin ne le voyait pas non plus d'un très bon œil. Il était de plus irrité par sa proximité constante : car s'il n'était jamais présent dans son bureau lorsque le secrétaire particulier s'entretenait avec Sa Majesté, il se trouvait toujours à portée de voix.

Ils étaient justement en train de préparer une visite royale au pays de Galles, qui devait avoir lieu dans une quinzaine de jours.

In the middle of being taken through her programme (a ride on a super-tram, a ukulele concert and a tour round a cheese factory), Her Majesty suddenly got up and went to the door.

"Norman."

Sir Kevin heard a chair scrape as Norman got up.

"We're going to Wales in a few weeks' time."

"Bad luck, ma'am."

The Queen smiled back at the unsmiling Sir Kevin.

"Norman is so cheeky. Now we've read Dylan Thomas, haven't we, and some John Cowper Powys. And Jan Morris we've read. But who else is there?"

"You could try Kilvert, ma'am," said Norman.

"Who's he?"

"A vicar, ma'am. Nineteenth century. Lived on the Welsh borders and wrote a diary. Fond of little girls."

"Oh," said the Queen, "like Lewis Carroll."

"Worse, ma'am."

"Dear me. Can you get me the diaries?"

"I'll add them to our list, ma'am."

Her Majesty closed the door and came back to her desk. "You see, you can't say I don't do my homework, Sir Kevin."

Au beau milieu de l'examen du programme (une promenade dans un tramway flambant neuf, un concert d'ukulélé et la visite d'une fabrique de fromages), Sa Majesté se leva brusquement et se dirigea vers la porte.

« Norman… »

Sir Kevin entendit les pieds de la chaise racler le sol, tandis que Norman se levait.

« Nous devons nous rendre au pays de Galles dans quelques semaines.

— Pas de chance, Madame. »

La reine sourit en se tournant vers sir Kevin, qui ne souriait pas.

« Norman a son franc-parler, dit-elle. Bon, nous avons déjà lu Dylan Thomas et quelques volumes de John Cowper Powys. Sans parler de Jan Morris. Que nous reste-t-il ?

— Votre Majesté pourrait essayer Kilvert, dit Norman.

— Qui est-ce ?

— Un vicaire du XIXe siècle, Madame. Il vivait en bordure du pays de Galles et aimait beaucoup les petites filles.

— Oh, dit la reine. Comme Lewis Carroll.

— Pire, Madame.

— Mon Dieu. Pouvez-vous me procurer son *Journal* ?

— Je l'ajouterai à notre liste, Madame. »

Sa Majesté referma la porte et revint s'asseoir à son bureau. « Vous voyez, sir Kevin. Vous ne pourrez pas dire que je ne fais pas mon devoir. »

Sir Kevin, who had never heard of Kilvert, was unimpressed. “The cheese factory is in a new business park, sited on reclaimed colliery land. It’s revitalised the whole area.”

“Oh, I’m sure,” said the Queen. “But you must admit that the literature is relevant.”

“I don’t know that it is,” said Sir Kevin. “The nextdoor factory where Your Majesty is opening the canteen makes computer components.”

“Some singing, I suppose?” said the Queen.

“There will be a choir, ma’am.”

“There generally is.”

Sir Kevin had a very muscular face, the Queen thought. He seemed to have muscles in his cheeks and when he frowned, they rippled. If she were a novelist, she thought, that might be worth writing down.

“We must make sure, ma’am, that we’re singing from the same hymn sheet.”

“In Wales, yes. Most certainly. Any news from home? Busy shearing away?”

“Not at this time of year, ma’am.”

“Oh. Out to grass.”

She smiled the wide smile that indicated that the interview was over

Sir Kevin, qui n'avait jamais entendu parler de Kilvert, ne se laissa pas démonter. « Cette fabrique de fromages est située dans un nouveau complexe industriel, construit sur l'emplacement d'une ancienne mine de charbon, et qui a redynamisé l'ensemble de la région.

— Oh, je n'en doute pas, dit la reine. Mais reconnaissez que la littérature a ses bons côtés, elle aussi.

— Je ne saurais le dire, répondit sir Kevin. L'usine voisine, dont Votre Majesté va inaugurer le réfectoire, fabrique des composants d'ordinateurs.

— Il y aura de la musique, je suppose ? demanda la reine.

— Oui, Madame. Une chorale est prévue.

— C'est généralement le cas. »

Sir Kevin avait décidément un visage très musculeux, songea la reine. On aurait dit que ses joues elles-mêmes étaient musclées : elles se plissaient chaque fois qu'il fronçait les sourcils. Si elle avait été romancière, se dit-elle, elle aurait sans doute noté ce genre de détails.

« Il faudra s'assurer de chanter le bon hymne, Madame.

— Au pays de Galles, c'est en effet préférable. Vous avez des nouvelles du pays ? La tonte de la laine a-t-elle commencé ?

— Pas à cette époque de l'année, Madame.

— Ah, les bêtes sont encore aux champs. »

Son visage se fendit du large sourire signifiant que l'entrevue était terminée.

and when he turned to bow his head at the door she was already back in her book and without looking up simply murmured "Sir Kevin" and turned the page.

So in due course Her Majesty went to Wales and to Scotland and to Lancashire and the West Country in that unremitting round of nationwide perambulation that is the lot of the monarch. The Queen must meet her people, however awkward and tongue-tied such meetings might turn out to be. Though it was here that her staff could help.

To get round the occasional speechlessness of her subjects when confronted with their sovereign the equerries would sometimes proffer handy hints as to possible conversations.

"Her Majesty may well ask you if you have had far to come. Have your answer ready and then possibly go on to say whether you came by train or by car. She may then ask you where you have left the car and whether the traffic was busier here than in – where did you say you came from? – Andover. The Queen, you see, is interested in all aspects of the nation's life, so she will sometimes talk about how difficult it is to park in London these days,

Lorsque le secrétaire se retourna pour faire sa courbette, dans l'encadrement de la porte, elle s'était déjà replongée dans son livre et lui marmonna un vague « sir Kevin » en tournant sa page.

Comme prévu, Sa Majesté se rendit donc au pays de Galles, puis en Écosse, puis dans le Lancashire et dans l'ouest de l'Angleterre, poursuivant ce périple ininterrompu d'un bout à l'autre de la nation qui est le lot des monarques. La reine devait rencontrer son peuple, malgré l'embarras (quand ce n'était pas le mutisme) qui caractérisait ces échanges. Et c'était d'ailleurs sur ce plan que son personnel pouvait s'avérer utile.

Pour éviter que les sujets ne se trouvent sans voix en présence de leur souveraine, les officiers du palais royal avaient l'art de préparer le terrain, en leur suggérant divers sujets de conversation.

« Il n'est pas impossible que Sa Majesté vous demande si vous avez fait un long trajet pour venir jusqu'ici. Préparez-vous donc à lui répondre que vous êtes venu en voiture ou en train, selon le cas. Dans la première de ces hypothèses, elle vous demandera peut-être où vous avez garé votre véhicule et si la circulation est plus dense à Londres qu'à… d'où venez-vous, déjà ?… qu'à Andover. La reine s'intéresse à tous les aspects de la vie du pays, voyez-vous : il lui arrive d'évoquer les difficultés qu'on rencontre de nos jours pour se garer dans Londres,

which could take you on to a discussion of any parking problems you might have in Basingstoke."

"Andover, actually, though Basingstoke's a nightmare too."

"Quite so. But you get the idea? Small talk."

Mundane though these conversations might be they had the merit of being predictable and above all brief, affording Her Majesty plenty of opportunities to cut the exchange short. The encounters ran smoothly and to a schedule, the Queen seemed interested and her subjects were seldom at a loss, and that perhaps the most eagerly anticipated conversation of their lives had only amounted to a discussion of the coned-off sections of the M6 hardly mattered. They had met the Queen and she had spoken to them and everyone got away on time.

So routine had such exchanges become that the equerries now scarcely bothered to invigilate them, hovering on the outskirts of the gathering always with a helpful if condescending smile. So it was only when it became plain that the tongue-tied quotient was increasing and that more and more of her subjects were at a loss when talking to Her Majesty

ce qui pourrait vous amener à lui parler des problèmes de cet ordre que vous connaissez à Basingstoke.

— À Andover, en fait. Mais il est vrai que la situation à Basingstoke est devenue cauchemardesque.

— Je ne vous le fais pas dire. Bref, vous voyez la tournure que prendra la conversation ? Des banalités. »

Si mondains que fussent le plus souvent ces échanges, ils avaient au moins le mérite d'être sans surprise et surtout fort brefs, ce qui laissait toute latitude à Sa Majesté pour couper court à la discussion. Les rencontres se déroulaient dans le calme et respectaient l'horaire, la reine donnait l'impression de s'y intéresser et ses sujets se trouvaient rarement pris de court. C'était sans doute, de toute leur vie, l'entrevue qu'ils avaient attendue avec le plus d'impatience, et le fait que la conversation ait roulé sur les bretelles neutralisées de l'autoroute M6 n'avait au fond qu'assez peu d'importance. Ils avaient rencontré la reine, elle leur avait parlé et l'entrevue avait pris fin à l'heure prévue.

Ces rencontres avaient un caractère tellement routinier que les officiers du palais se donnaient rarement la peine d'y assister en personne, demeurant plutôt dans les parages, prêts à intervenir en cas de besoin avec un sourire aussi empressé que condescendant. Mais lorsqu'il devint évident que le mutisme de ses sujets allait croissant et qu'ils étaient de plus en plus déroutés par leurs échanges avec Sa Majesté,

that the staff began to eavesdrop on what was (or was not) being said.

It transpired that with no prior notification to her attendants the Queen had abandoned her long-standing lines of inquiry – length of service, distance travelled, place of origin – and had embarked on a new conversational gambit, namely, "What are you reading at the moment?" To this very few of Her Majesty's loyal subjects had a ready answer (though one did try: "The Bible?"). Hence the awkward pauses which the Queen tended to fill by saying, "I'm reading…", sometimes even fishing in her handbag and giving them a glimpse of the lucky volume. Unsurprisingly the audiences got longer and more ragged, with a growing number of her loving subjects going away regretting that they had not performed well and feeling, too, that the monarch had somehow bowled them a googly.

Off duty, Piers, Tristram, Giles and Elspeth, all the Queen's devoted servants, compare notes: "What are you reading? I mean, what sort of question is that? Most people, poor dears, aren't reading anything. Except if they say that, madam roots in her handbag, fetches out some volume she's just finished and makes them a present of it."

le personnel commença à tendre l'oreille, afin de s'enquérir des propos qui étaient (ou n'étaient pas) tenus.

Ils s'aperçurent ainsi que, sans en avoir informé ses assistants, la reine avait abandonné le registre de ses questions habituelles – distance parcourue, ville d'origine, nombre d'années de carrière – pour aborder un nouveau sujet de conversation, à savoir : « Que lisez-vous en ce moment ? » Parmi les loyaux sujets de Sa Majesté, fort peu étaient en mesure de répondre à une telle question (« La Bible ? » hasarda l'un d'eux). D'où les silences embarrassés qui s'ensuivaient et que la reine avait tendance à combler en ajoutant : « Pour ma part, je suis en train de lire... » – allant parfois jusqu'à sortir de son sac à main le volume en question, pour le montrer à son interlocuteur. Du coup, comme il était à prévoir, les audiences s'éternisaient et prenaient un caractère décousu. Et un nombre croissant de ses bien-aimés sujets s'en retournaient avec le sentiment de s'être mal comportés – mais aussi avec l'idée que Sa Majesté s'était plus ou moins payé leur tête.

Piers, Tristram, Giles et Elspeth – les dévoués serviteurs de la reine – comparaient leurs notes, une fois leur service terminé. « "Que lisez-vous en ce moment ?" Pourquoi leur pose-t-elle une question pareille ? La plupart de ces malheureux ne lisent jamais une ligne. Sauf que, s'ils le lui disent, Madame fouillera dans son sac et leur offrira le volume qu'elle vient de terminer.

"Which they promptly sell on eBay."

"Quite. And have you been on a royal visit recently?" one of the ladies-in-waiting chips in. "Because the word has got round. Whereas once upon a time the dear people would fetch along the odd daffodil or a bunch of mouldy old primroses which Her Majesty then passed back to us bringing up the rear, nowadays they fetch along books they're reading, or, wait for it, even writing, and if you're unlucky enough to be in attendance you practically need a trolley. If I'd wanted to cart books around I'd have got a job in Hatchards. I'm afraid Her Majesty is getting to be what is known as a handful."

Still, the equerries accommodated, and disgruntled though they were at having to vary their routine, in the light of the Queen's new predilection her attendants reluctantly changed tack and in their pre-presentation warm-up now suggested that while Her Majesty might, as of old, still inquire as to how far the presentee had come and by what means, these days she was more likely to ask what the person was currently reading.

At this most people looked blank (and sometimes panic-stricken) but, nothing

— Et qu'ils s'empresseront de revendre sur eBay.

— Exactement. Avez-vous suivi la reine récemment, dans l'un de ses déplacements ? intervint l'une de ses dames d'honneur. La nouvelle commence à circuler… Et maintenant, à la place du minable bouquet de narcisses ou de la brassée de primevères défraîchies que Sa Majesté nous demandait de ranger dans le coffre de sa voiture, les gens lui apportent les livres qu'ils sont en train de lire – et même, tenez-vous bien, d'écrire ! Résultat, quand on a le malheur d'être de service ce jour-là, il faudrait un wagon entier pour caser tout ça. Si j'avais voulu trimballer des livres, j'aurais cherché du travail chez Hatchards[1]… Je crains que Sa Majesté ne finisse par se comporter comme une enfant gâtée. »

Les officiers du palais se plièrent néanmoins à cette nouvelle lubie. Tout contrariés qu'ils étaient à l'idée de devoir modifier leurs habitudes, ses assistants changèrent leur fusil d'épaule. Au cours des entrevues préparatoires, ils suggéraient désormais aux visiteurs que Sa Majesté allait sans doute s'enquérir comme autrefois de la distance qu'ils avaient parcourue et de leur mode de transport, mais qu'elle risquait aussi de les interroger sur leurs lectures du moment.

À cette annonce, la plupart des gens avaient un mouvement de recul (quand ils n'étaient pas gagnés par une visible panique). Sans se laisser

1. Librairie royale, située à Londres *(N.d.É.)*.

daunted, the equerries came up with a list of suggestions. Though this meant that the Queen came away with a disproportionate notion of the popularity of Andy McNab and the near universal affection for Joanna Trollope, no matter; at least embarrassment had been avoided. And once the answers had been supplied the audiences were back on track and finished on the dot as they used to do, the only hold-ups when, as seldom, one of her subjects confessed to a fondness for Virginia Woolf or Dickens, both of which provoked a lively (and lengthy) discussion. There were many who hoped for a similar meeting of minds by saying they were reading "Harry Potter", but to this the Queen (who had no time for fantasy) invariably said briskly, "Yes. One is saving that for a rainy day," and passed swiftly on.

Seeing her almost daily meant that Sir Kevin was able to nag the Queen about what was now almost an obsession and to devise different approaches. "I was wondering, ma'am, if we could somehow factor in your reading." Once she would have let this pass, but one effect of reading had been to diminish the Queen's tolerance for jargon (which had always been low).

démonter, les officiers du palais leur fournissaient alors une liste de suggestions. Et même si cela revenait à admettre que la reine avait une perception un peu disproportionnée de la popularité d'Andy McNab ou de l'affection quasi universelle dont jouissait Joanna Trollope, ce n'était pas bien grave : du moins l'embarras et la gêne avaient-ils été évités. Une fois qu'on leur avait fourni les réponses, les invités se retrouvaient en terrain connu et l'entrevue se terminait à l'heure prévue – excepté dans le cas d'ailleurs extrêmement rare où l'un de ses sujets confessait à la reine un attrait particulier pour Dickens ou Virginia Woolf, ce qui provoquait une discussion aussi animée qu'interminable. De nombreux visiteurs auraient souhaité avoir avec elle cet échange intellectuel et lui avouaient qu'ils étaient justement en train de lire *Harry Potter*. Mais, peu portée sur le fantastique, la reine réagissait toujours de la même manière : « Oui, disait-elle un peu sèchement, nous gardons cela en réserve pour un jour de pluie », avant de passer à l'invité suivant.

Comme il la voyait presque quotidiennement, sir Kevin était en mesure de taquiner un peu la reine sur ce qui était devenu chez elle une sorte d'obsession, tout en lui proposant d'autres approches. « Je me demandais, Madame, si nous ne pourrions pas sectoriser vos lectures, d'une manière ou d'une autre. » Jadis, elle n'aurait pas relevé ce genre de propos. Mais l'un des effets de ses lectures avait été de réduire le degré de tolérance (déjà peu élevé) que la reine accordait à l'emploi d'un tel charabia.

"Factor it in? What does that mean?"

"I'm just kicking the tyres on this one, ma'am, but it would help if we were able to put out a press release saying that, apart from English literature, Your Majesty was also reading ethnic classics."

"Which ethnic classics did you have in mind, Sir Kevin? The Kama Sutra?"

Sir Kevin sighed.

"I am reading Vikram Seth at the moment. Would he count?"

Though the private secretary had never heard of him he thought he sounded right.

"Salman Rushdie?"

"Probably not, ma'am."

"I don't see," said the Queen, "why there is any need for a press release at all. Why should the public care what I am reading? The Queen reads. That is all they need to know. 'So what?' I imagine the general response."

"To read is to withdraw. To make oneself unavailable. One would feel easier about it," said Sir Kevin, "if the pursuit itself were less... selfish."

"Selfish?"

"Perhaps I should say solipsistic."

"Perhaps you should."

Sir Kevin plunged on. "Were we able to harness your reading to some larger purpose

« Sectoriser ? Qu'entendez-vous par là ?

— L'expression est un peu barbare, je vous le concède, mais il ne serait pas mauvais que nous puissions publier un communiqué de presse indiquant que Votre Majesté ne s'intéresse pas seulement à la littérature anglaise, mais aussi aux classiques ethniques.

— Quel genre de classiques ethniques avez-vous à l'esprit, sir Kevin ? Le *Kama Sutra* ? »

Le secrétaire particulier poussa un soupir.

« Je suis en train de lire Vikram Seth, reprit la reine. Pourrait-il faire l'affaire ? »

Sir Kevin n'avait jamais entendu parler de lui, mais songea que le nom sonnait bien.

« Salman Rushdie ?

— Il ne vaut mieux pas, Madame.

— Je ne vois pas, poursuivit la reine, pourquoi vous tenez tant à publier un communiqué de presse. Pourquoi le public s'intéresserait-il à mes lectures ? La reine lit. Les gens n'ont pas besoin d'en savoir plus. J'imagine leur réaction, dans leur grande majorité : "Et alors ? La belle affaire."

— Lire, c'est se retirer, dit sir Kevin. Se rendre indisponible. La chose serait peut-être moins préoccupante si cette recherche relevait d'une démarche moins… égoïste.

— Égoïste ?

— Peut-être aurais-je dû parler de solipsisme.

— Peut-être auriez-vous dû, en effet. »

Sir Kevin se jeta à l'eau. « Si nous étions en mesure de raccrocher vos lectures à un projet

– the literacy of the nation as a whole, for instance, the improvement of reading standards among the young…"

"One reads for pleasure," said the Queen. "It is not a public duty."

"Perhaps," said Sir Kevin, "it should be."

"Bloody cheek," said the duke when she told him that night.

Apropos the duke, what of the family in all this? How did the Queen's reading impinge on them?

Had it been Her Majesty's responsibility to prepare meals, to shop or, unimaginably, to dust and hoover the house(s), standards would straightaway have been perceived to have fallen. But, of course, she had to do none of these things. That she did her boxes with less assiduity is true, but this didn't affect her husband or her children. What it did affect (or "impact upon," as Sir Kevin put it) was the public sphere, where she had begun to perform her duties with a perceived reluctance: she laid foundation stones with less élan and what few ships there were to launch

plus vaste – l'instruction de la nation tout entière, par exemple, ou la promotion de la lecture au sein de la jeunesse…

— On lit pour son plaisir, dit la reine. Il ne s'agit pas d'un devoir public.

— Peut-être cela serait-il préférable », rétorqua sir Kevin.

« Quel toupet », commenta le duc lorsqu'elle lui rapporta la scène le soir même.

Puisqu'on vient de mentionner le duc, que devenait la famille royale dans cette affaire ? Comment réagissait-elle à l'engouement inattendu de la reine pour la lecture ?

Si Sa Majesté avait dû elle-même faire les courses, préparer les repas ou – plus inconcevable encore – passer l'aspirateur et la serpillière, la famille n'aurait guère tardé à percevoir une baisse de qualité sensible concernant ces diverses prestations domestiques. Mais cela ne relevait évidemment pas de ses compétences. Elle s'occupait avec un peu moins d'assiduité de ses charges, il est vrai, mais cela n'affectait en rien son mari ou ses enfants. Cela avait des répercussions (« un certain impact », comme disait sir Kevin) sur la sphère publique, où elle accomplissait ses devoirs avec une réticence qui commençait à devenir perceptible : elle posait les premières pierres des édifices avec moins d'enthousiasme qu'avant et, lors des rares occasions où elle devait encore lancer un navire à la mer,

she sent down the slipway with no more ceremony than a toy boat on a pond, her book always waiting.

While this might concern her staff, her family were actually rather relieved. She had always kept them up to the mark and age had not made her more indulgent. Reading, though, had. She left the family more to themselves, chivvied them hardly at all and they had an easier time altogether. Hurray for books was their feeling, except when they were required to read them or when grandmama insisted on talking about them, quizzing them about their own reading habits or, worst of all, pressing books into their hands and checking later to see if they had been read.

As it was, they would often come upon her in odd unfrequented corners of her various dwellings, spectacles on the end of her nose, notebook and pencil beside her. She would glance up briefly and raise a vague, acknowledging hand. "Well, I'm glad somebody's happy," said the duke as he shuffled off down the corridor. And it was true; she was.

elle libérait la cale d'un geste machinal, comme s'il s'était agi d'un voilier minuscule sur le bord d'un bassin, tellement elle avait hâte de se replonger dans sa lecture.

Mais cela touchait essentiellement son personnel. La famille royale, pour sa part, était plutôt soulagée. Elle les avait toujours fait marcher au doigt et à l'œil et l'âge ne l'avait pas rendue plus indulgente – alors que la lecture avait sur elle un effet bénéfique. Elle laissait plus volontiers ses proches se débrouiller sans elle, elle n'était plus sans arrêt derrière eux et l'ambiance générale y avait considérablement gagné. Aussi applaudissaient-ils des deux mains cette passion pour les livres, sauf si cela les obligeait eux-mêmes à en lire – lorsque grand-maman tenait absolument à aborder la question avec ses petits-enfants, par exemple, à les interroger sur leurs propres habitudes de lecture ou pire encore à leur fourrer des ouvrages entre les mains, en vérifiant un peu plus tard qu'ils les avaient bien lus.

Les choses étant ainsi, il leur arrivait fréquemment de tomber sur elle au détour d'un couloir, dans l'une ou l'autre de ses résidences, ses lunettes sur le nez, un carnet et un crayon à côté d'elle. Elle relevait les yeux, avant de leur adresser un regard bref et d'esquisser un signe de la main. « Je constate avec plaisir qu'il y a au moins quelqu'un d'heureux dans cette maison », disait le duc en s'éloignant d'un pas traînant. Et c'était la vérité : elle était heureuse.

She enjoyed reading like nothing else and devoured books at an astonishing rate, not that, Norman apart, there was anyone to be astonished.

Nor initially did she discuss her reading with anyone, least of all in public, knowing that such a late-flowering enthusiasm, however worthwhile, might expose her to ridicule. It would be the same, she thought, if she had developed a passion for God, or dahlias. At her age, people thought, why bother? To her, though, nothing could have been more serious, and she felt about reading what some writers felt about writing, that it was impossible not to do it and that at this late stage of her life she had been chosen to read as others were chosen to write.

To begin with, it's true, she read with trepidation and some unease. The sheer endlessness of books outfaced her and she had no idea how to go on; there was no system to her reading, with one book leading to another, and often she had two or three on the go at the same time. The next stage had been when she started to make notes, after which she always read with a pencil in hand, not summarising what she read but simply transcribing passages that struck her. It was only after a year or so of reading and making notes that she tentatively

La lecture avait suscité en elle une passion telle qu'elle n'en avait jamais connu auparavant et elle dévorait les livres à une vitesse ahurissante – même si, en dehors de Norman, nul ne s'en apercevait vraiment.

Elle ne parlait d'ailleurs de ses lectures à personne, encore moins en public, sachant qu'une passion aussi tardive – si sincère soit-elle – risquait de l'exposer au ridicule. Il en serait allé de même, songeait-elle, si elle s'était brusquement enthousiasmée pour Dieu ou pour la culture des dahlias. À son âge, à quoi bon ? auraient pensé les gens. Pour elle, cependant, rien n'était plus sérieux et elle éprouvait à l'égard de la lecture le même sentiment que certains écrivains envers l'écriture : il lui était impossible de s'y dérober. À cette époque avancée de son existence, elle se sentait destinée à lire comme d'autres l'avaient été à écrire.

Au début, il est vrai, elle lisait avec émotion mais non sans un certain malaise. La perspective infinie des livres la déconcertait et elle ne savait pas comment la surmonter. Il n'y avait aucun système dans sa manière de lire, un ouvrage en amenait un autre et elle en lisait souvent deux ou trois en même temps. Elle avait franchi l'étape suivante en se mettant à prendre des notes : depuis, elle lisait toujours un crayon à la main, moins pour résumer l'ouvrage que pour recopier certains passages qui l'avaient particulièrement frappée. Ce fut seulement au bout d'un an de cette pratique qu'elle se risqua,

ventured on the occasional thought of her own. "I think of literature," she wrote, "as a vast country to the far borders of which I am journeying but cannot possibly reach. And I have started too late. I will never catch up." Then (an unrelated thought): "Etiquette may be bad but embarrassment is worse."

There was sadness to her reading, too, and for the first time in her life she felt there was a good deal she had missed. She had been reading one of the several lives of Sylvia Plath and was actually quite happy to have missed most of that, but reading the memoirs of Lauren Bacall she could not help feeling that Ms Bacall had had a much better bite at the carrot and, slightly to her surprise, found herself envying her for it.

That the Queen could readily switch from showbiz autobiography to the last days of a suicidal poet might seem both incongruous and wanting in perception. But, certainly in her early days, to her all books were the same and, as with her subjects, she felt a duty to approach them without prejudice. For her, there was no such thing as an improving book. Books were uncharted country and, to begin with at any rate, she made no distinction between them. With time came discrimination,

non sans hésitation, à noter de temps à autre une réflexion de son cru. « Je perçois la littérature comme une immense contrée, inscrivit-elle un jour : je me suis mise en route vers ses confins les plus extrêmes, en sachant que je ne les atteindrai jamais. » Elle ajouta, sans transition : « Le protocole a ses mauvais côtés, mais l'embarras est bien pire. »

Il y avait aussi une part de tristesse dans ce phénomène : pour la première fois de sa vie, elle avait l'impression d'avoir manqué beaucoup de choses. Elle avait lu l'une des nombreuses biographies de Sylvia Plath et n'aurait jamais voulu connaître un sort identique. Mais en lisant les mémoires de Lauren Bacall, elle ne pouvait s'empêcher de penser que l'actrice avait beaucoup mieux profité de la vie qu'elle et s'aperçut, non sans une certaine surprise, qu'elle l'enviait un peu.

Le fait que la reine ait pu passer sans sourciller de l'autobiographie d'une star d'Hollywood aux derniers jours de la vie d'une poétesse qui avait fini par se suicider semblera peut-être incongru, si ce n'est inconséquent. Mais – au début en tout cas – tous les livres se valaient à ses yeux et elle se sentait le devoir de les aborder sans préjugés, comme elle le faisait pour ses sujets. Aucun ouvrage n'était pour elle instructif ou édifiant. Les livres dans leur ensemble formaient une contrée inconnue et elle ne faisait aucune différence entre eux. Avec le temps, néanmoins, elle se mit à opérer des distinctions.

but apart from the occasional word from Norman, nobody told her what to read, and what not. Lauren Bacall, Winifred Holtby, Sylvia Plath – who were they? Only by reading could she find out.

It was a few weeks later that she looked up from her book and said to Norman: "Do you know that I said you were my amanuensis? Well, I've discovered what I am. I am an opsimath."

With the dictionary always to hand, Norman read out: "Opsimath: one who learns only late in life."

It was this sense of making up for lost time that made her read with such rapidity and in the process now adding more frequent (and more confident) comments of her own, bringing to what was in effect literary criticism the same forthrightness with which she tackled other departments of her life. She was not a gentle reader and often wished authors were around so that she could take them to task.

"Am I alone," she wrote, "in wanting to give Henry James a good talking-to?"

"I can see why Dr Johnson is well thought of, but surely, much of it is opinionated rubbish?"

Mais en dehors de Norman, qui lui conseillait parfois tel ou tel ouvrage, personne ne la guidait dans le choix de ses lectures. Lauren Bacall, Winifred Holtby, Sylvia Plath – qui étaient-elles vraiment ? Elle ne pouvait le découvrir qu'en lisant.

Quelques semaines plus tard, elle leva les yeux de son livre et dit à Norman : « Vous vous rappelez ce que je vous avais dit – que vous étiez mon tabellion particulier ? Eh bien, je viens de découvrir le terme qui me correspond : je suis une *opsimath*, comme on dit dans la langue de Shakespeare. »

Norman consulta le dictionnaire, toujours à portée de sa main : « *Opsimath* : qui apprend sur le tard à la fin de sa vie. »

C'était ce sentiment d'avoir à rattraper le temps perdu qui la poussait à lire sur un rythme aussi soutenu. Elle notait désormais en marge de ses lectures des commentaires fréquents (et plus assurés), appliquant à ce qui relevait peu ou prou de la critique littéraire la même droiture qu'aux autres secteurs de sa vie. Ce n'était pas une lectrice indulgente et elle aurait souvent aimé avoir les auteurs sous la main pour les morigéner.

« Serais-je la seule, nota-t-elle un jour, à souhaiter avoir une conversation sérieuse avec Henry James ? »

« Je comprends fort bien pourquoi le Dr Johnson bénéficie d'une telle estime, mais la plupart de ses propos sont aussi cauteleux qu'obtus, non ? »

It was Henry James she was reading one tea-time when she said out loud, “Oh, do get on.”

The maid, who was just taking away the tea trolley, said, “Sorry, ma’am,” and shot out of the room in two seconds flat.

“Not you, Alice,” the Queen called after her, even going to the door. “Not you.”

Previously she wouldn’t have cared what the maid thought or that she might have hurt her feelings, only now she did and coming back to the chair she wondered why. That this access of consideration might have something to do with books and even with the perpetually irritating Henry James did not at that moment occur to her.

Though the awareness of all the catching up she had to do never left her, her other regret was to do with all the famous authors she could have met but hadn’t. In this respect at least she could mend her ways and she decided, partly at Norman’s urging, that it would be interesting and even fun to meet some of the authors they had both been reading. Accordingly a reception was arranged, or a soirée, as Norman insisted on calling it.

The equerries naturally expected that the same form would apply as at the garden parties and other large receptions,

Un jour, à l'heure du thé, elle était en train de lire un ouvrage de Henry James lorsqu'elle s'écria soudain : « Allons donc ! Un peu de nerf, bon sang ! »

La domestique qui s'apprêtait à enlever le plateau du thé balbutia : « Excusez-moi, Madame » et s'éclipsa sur-le-champ.

« Mais non, Alice, dit la reine en se levant pour la rappeler. Je ne m'adressais pas à vous. »

Autrefois, elle ne se serait pas souciée de savoir ce que pensait la domestique, ni si elle avait pu la blesser. Mais aujourd'hui, ce genre de détail lui importait : en revenant s'asseoir, elle se demanda pourquoi. Le fait que cette soudaine attention ait quelque chose à voir avec les livres – y compris ceux de cet insupportable Henry James – ne lui vint pas immédiatement à l'esprit.

Bien que cette conscience du retard qu'elle avait à rattraper ne l'abandonnât jamais, son autre grand regret concernait tous les auteurs célèbres qu'elle aurait pu connaître mais n'avait jamais rencontrés. Sur ce point, à tout le moins, elle pouvait changer d'attitude et décida, en partie sur l'insistance de Norman, qu'il serait sans doute intéressant – et probablement amusant – de réunir une partie des écrivains qu'ils avaient lus l'un et l'autre. Une réception, ou plus exactement une *soirée**, comme Norman tenait à l'appeler, fut donc organisée à cet effet.

Les officiers du palais s'attendaient bien sûr à ce qu'on applique le même protocole que lors des *garden parties* ou des grandes réceptions

with the tipping off of guests to whom Her Majesty was likely to stop and talk. The Queen, though, thought that on this occasion such formality was misplaced (these were artists after all) and decided to take pot luck. This turned out not to be a good idea.

Shy and even timid though authors had generally seemed to be when she had met them individually, taken together they were loud, gossipy and, though they laughed a good deal, not, so far as she could tell, particularly funny. She found herself hovering on the edge of groups, with no one making much effort to include her, so that she felt like a guest at her own party. And when she did speak she either killed conversation and plunged it into an awful pause or the authors, presumably to demonstrate their independence and sophistication, took no notice at all of what she said and just went on talking.

It was exciting to be with writers she had come to think of as her friends and whom she longed to know. But now, when she was aching to declare her fellow feeling with those whose books she had read and admired,

officielles et qu'on aille donc briefer à l'avance les invités avec lesquels Sa Majesté était susceptible de s'entretenir. La reine estima toutefois qu'en la circonstance une telle procédure était un peu déplacée (on avait affaire à des artistes, après tout) et décida de faire les choses « à la bonne franquette » – ce qui se révéla une fort mauvaise idée.

Les écrivains lui avaient toujours paru timides et même un peu empruntés lorsqu'elle les avait reçus individuellement. Mais une fois réunis, ils s'avéraient d'un naturel bruyant, volubile et cancanier ; et s'ils riaient beaucoup, ils n'étaient pas particulièrement drôles, du moins à son goût. Elle en était réduite à déambuler d'un cercle à l'autre et personne ne faisait de grands efforts pour l'accueillir, de sorte qu'elle avait l'impression d'errer comme une âme en peine à sa propre réception. Et lorsqu'elle prenait la parole, cela jetait généralement un froid et plongeait les invités dans un silence embarrassant ; à moins que les auteurs – soucieux sans doute de démontrer leur indépendance et leur liberté d'esprit – ne tiennent aucun compte de son intervention et ne poursuivent leur conversation comme si de rien n'était.

Elle s'était pourtant fait une joie à l'idée de se retrouver au milieu de ces écrivains qu'elle avait fini par considérer comme des amis et qu'elle brûlait de connaître. Mais à présent, alors qu'elle aurait tant voulu partager ses sentiments avec ceux dont elle avait lu et admiré les livres,

she found she had nothing to say. She, who had seldom in her life been intimidated by anyone, now found herself tongue-tied and awkward. "I adored your book," would have said it all, but fifty years of composure and self-possession plus half a century of understatement stood in the way. Hard put for conversation, she found herself falling back on some of her stock stand-bys. It wasn't quite "How far did you have to come?" but their literary equivalent. "How do you think of your characters? Do you work regular hours? Do you use a word-processor?" – questions which she knew were clichés and were embarrassing to inflict had the awkward silence not been worse.

One Scottish author was particularly alarming. Asked where his inspiration came from, he said fiercely: "It doesn't come, Your Majesty. You have to go out and fetch it."

When she did manage to express – and almost stammer – her admiration, hoping the author would tell her how he (the men, she decided, much worse than the women) had come to write the book in question, she found her enthusiasm brushed aside,

elle s'apercevait qu'elle n'avait rien à leur dire. Elle qui avait rarement été intimidée par qui que ce soit, au fil de son existence, se retrouvait brusquement empruntée et mal à l'aise. Il aurait suffi qu'elle dise : « J'ai adoré votre livre » et la glace aurait été rompue, mais cinquante années d'aplomb et de maîtrise de soi – sans parler du corset de l'euphémisme – ne sont pas sans laisser quelques traces. Incapable d'engager sérieusement la conversation, elle devait se rabattre sur son lot de formules toutes faites, équivalents littéraires du « Vous avez fait un long chemin pour venir jusqu'ici ? ». Elle savait pertinemment que les questions qu'elle posait – « Comment créez-vous vos personnages ? Respectez-vous un horaire régulier ? Travaillez-vous avec un ordinateur ? » – étaient d'une banalité consternante et jamais elle ne les aurait infligées à ses interlocuteurs si cet épouvantable silence n'avait été cent fois pire.

Un écrivain écossais l'avait particulièrement déroutée. Comme elle lui demandait d'où lui venait son inspiration, il avait répondu d'un ton acerbe : « Elle ne vient pas, Votre Majesté. Je dois aller la chercher et la ramener de force à la maison. »

Lorsqu'elle parvenait tout de même à exprimer son admiration, en balbutiant presque et en espérant que l'auteur allait lui expliquer comment il en était venu à écrire tel ou tel livre (les hommes étaient pires que les femmes à cet égard), son enthousiasme se voyait aussitôt refroidi :

as he insisted on talking not about the bestseller he had just written but about the one on which he was currently at work and how slowly it was going and how in consequence, as he sipped his champagne, he was the most miserable of creatures.

Authors, she soon decided, were probably best met with in the pages of their novels, and were as much creatures of the reader's imagination as the characters in their books. Nor did they seem to think one had done them a kindness by reading their writings. Rather they had done one the kindness by writing them.

To begin with she had thought she might hold such gatherings on a regular basis, but this soirée was enough to disabuse her of that. Once was enough. This came as a relief to Sir Kevin, who had not been enthusiastic, pointing out that if ma'am held an evening for the writers she would then have to hold a similar evening for the artists, and having held evenings for writers and artists the scientists would then expect to be entertained, too.

"Ma'am must not be seen to be partial."

Well, there was now no danger of that.

With some justification, Sir Kevin blamed Norman for this evening of literary lacklustre, as he had encouraged the Queen when she had tentatively mentioned the idea.

l'auteur refusait obstinément d'évoquer son dernier best-seller et ne s'intéressait qu'à celui qu'il était en train d'écrire et qui avançait trop lentement à son gré – preuve qu'il était bien la créature la plus misérable du monde, concluait-il en vidant sa coupe de champagne.

Elle en tira la conclusion qu'il valait mieux rencontrer les auteurs dans les pages de leurs livres, puisqu'ils vivaient sans doute autant dans l'imagination de leurs lecteurs que leurs personnages. La plupart n'avaient d'ailleurs pas l'air de trouver qu'on leur faisait une faveur particulière en lisant leurs ouvrages, estimant au contraire que c'étaient eux qui en faisaient une au public, en les écrivant.

Elle s'était dit au début qu'elle pourrait organiser des réceptions de ce genre de manière régulière, mais le déroulement de cette *soirée** l'en dissuada. Une fois suffisait. Cela ne manqua pas de soulager sir Kevin, qui n'avait pas manifesté un enthousiasme excessif à ce propos : si Sa Majesté consacre une soirée aux écrivains, avait-il souligné, elle va devoir en organiser une autre pour les peintres, et les scientifiques ne manqueront pas de réclamer la leur, eux aussi.

« Madame ne doit pas faire preuve de partialité. »

Ma foi, il n'y avait guère de danger.

Non sans quelque raison, sir Kevin tenait Norman pour responsable de cette réception littéraire sans éclat, car celui-ci avait fortement encouragé la reine lorsqu'elle en avait émis l'hypothèse.

It wasn't as if Norman had had much of a time either. Literature being what it is the gay quotient among the guests was quite high, some of them asked along at Norman's specific suggestion. Not that that did him any good at all. Though like the other pages he was just taking round the drinks and the nibbles that went with them, Norman knew, as the others didn't, the reputation and standing of those whom he was bobbing up to with his tray. He had even read their books. But it was not Norman around whom they clustered, but the dolly pages and the loftier equerries who, as Norman said bitterly (though not to the Queen), wouldn't know a literary reputation if they stepped in it.

Still, if the whole experience of entertaining the Living Word was unfortunate, it did not (as Sir Kevin had hoped) put Her Majesty off reading. It turned her off wanting to meet authors, and to some extent off living authors altogether. But this just meant that she had more time for the classics, for Dickens, Thackeray, George Eliot and the Brontës.

Every Tuesday evening the Queen saw her prime minister, who briefed her on what he felt she ought to know.

Du reste, Norman n'en avait pas beaucoup profité lui non plus. La littérature étant ce qu'elle est, la proportion de gays parmi les invités était relativement élevée, certains ayant été sollicités à la demande spécifique de Norman. Or, cela ne lui avait pas été d'un grand profit. Comme les autres pages de la reine, il se contentait d'offrir les boissons et les amuse-gueules qui les accompagnaient. Mais contrairement au reste du personnel, il connaissait la réputation et la valeur de ceux devant lesquels il faisait une petite courbette, son plateau à la main. Il avait même lu leurs livres. Néanmoins, ce n'était pas autour de Norman que ceux-ci s'attroupaient : ils préféraient les pages au visage d'éphèbe et les officiers au regard dédaigneux, aussi incapables les uns que les autres de reconnaître une célébrité littéraire quand elle leur passait sous le nez, disait-il avec amertume (mais pas à la reine).

Toutefois, si cette tentative d'ouverture vers le monde des vivants n'avait rien d'encourageant, elle ne détourna pas Sa Majesté de la lecture, comme sir Kevin l'avait secrètement espéré. La reine renonça pour l'essentiel à rencontrer et même à lire ses contemporains, après cette expérience malheureuse, mais ce fut pour consacrer désormais son temps aux classiques – Dickens, Thackeray, George Eliot et les Brontë.

Tous les mardis soir, la reine recevait son Premier ministre, qui faisait le point avec elle sur les sujets dont il estimait qu'elle devait être tenue informée.

The press were fond of picturing these meetings as those of a wise and experienced monarch guiding her first minister past possible pitfalls and drawing on her unique repository of political experience accumulated over the fifty-odd years she had been on the throne in order to give him advice. This was a myth, though one in which the palace itself collaborated, the truth being the longer they were in office the less the prime ministers listened and the more they talked, the Queen nodding assent though not always agreement.

To begin with prime ministers wanted the Queen to hold their hand, and when they came to see her it was to be stroked and given an approving pat in the spirit of a child wanting to show its mother what it has done. And, as so often with her, it was really a show that was required, a show of interest, a show of concern. Men (and this included Mrs Thatcher) wanted show. At this stage, though, they still listened and even asked her advice, but as time passed all her prime ministers modulated with disturbing similarity into lecturing mode, when they ceased to require encouragement from the Queen

La presse adorait brosser un portrait idyllique de ces entrevues, au cours desquelles une souveraine aussi avisée qu'expérimentée guidait son Premier ministre le long de redoutables précipices et s'appuyait sur un trésor de sagesse accumulé en cinquante ans de règne pour l'aider à accomplir au mieux sa mission. Cette image relevait d'un mythe d'ailleurs entretenu par le palais. La vérité, c'est que plus le Premier ministre s'attardait dans le bureau de la reine et moins il l'écoutait : c'était lui au contraire qui parlait, la souveraine se contentant le plus souvent d'acquiescer, ce qui ne voulait pas toujours dire qu'elle l'approuvait.

Au début de son mandat, chaque nouveau Premier ministre rêvait d'obtenir le soutien de la reine. Lorsqu'il la rencontrait, c'était avec l'espoir qu'elle lui tapoterait l'épaule et lui prodiguerait ses encouragements, comme une mère récompensant les efforts de son enfant. Et comme souvent en pareil cas, ce qu'on attendait d'elle relevait du spectacle : elle devait manifester publiquement sa sollicitude et son intérêt. Les hommes (et cela incluait Mme Thatcher) avaient apparemment besoin de ce genre de démonstration. À ce stade, toutefois, ils l'écoutaient encore et lui demandaient même parfois son avis. Mais à mesure que le temps passait, tous ses Premiers ministres – phénomène troublant – suivaient une pente identique et se mettaient à monologuer : non seulement ils ne cherchaient plus les encouragements de la reine,

but treated her like an audience, listening to her no longer on the agenda.

It was not only Gladstone who addressed the Queen as if she was a public meeting.

The audience this particular Tuesday had followed the usual pattern, and it was only when it was drawing to a close that the Queen managed to get a word in and talk about a subject that actually interested her. "About my Christmas broadcast."

"Yes, ma'am?" said the prime minister.

"I thought this year one might do something different."

"Different, ma'am?"

"Yes. If one were to be sitting on a sofa reading or, even more informally, be discovered by the camera curled up with a book, the camera could creep in – is that the expression? – until I'm in mid-shot, when I could look up and say, 'I've been reading this book about such and such,' and then go on from there."

"And what would the book be, ma'am?" The prime minister looked unhappy.

"That one would have to think about."

"Something about the state of the world perhaps?" He brightened.

"Possibly, though they get quite enough of that from the newspapers. No. I was actually thinking of poetry."

"Poetry, ma'am?" He smiled thinly.

"Thomas Hardy, for instance. I read an awfully good poem of his the other day about

mais ils la traitaient comme un vulgaire public. L'écouter n'était plus à l'ordre du jour.

Gladstone n'était plus le seul à s'adresser à la reine comme à une vague audience.

L'entrevue ce mardi-là avait suivi son cours normal et ce fut seulement avant d'y mettre un terme que la reine se risqua à aborder un sujet qui lui tenait à cœur. « Au sujet de mes vœux télévisés…

— Oui, Madame, dit le Premier ministre.

— J'ai pensé que nous pourrions procéder un peu différemment cette année.

— Différemment, Madame ?

— Oui. La caméra pourrait me montrer au début assise sur un canapé, en train de lire un livre. Ou me cadrer de manière moins formelle, plongée dans ma lecture, puis faire un travelling – est-ce le terme approprié ? – jusqu'à ce que je sois en gros plan. Je lèverais alors les yeux en disant : “Je viens de terminer cet ouvrage…” et j'enchaînerais à partir de ça.

— À quel livre pensez-vous ? s'enquit le Premier ministre, que cette perspective ne semblait guère enchanter.

— Je n'ai pas encore réfléchi à la question.

— Un ouvrage concernant l'état du monde ? suggéra-t-il en reprenant quelques couleurs.

— Peut-être, bien que le public soit informé par les journaux. Non, je songeais en fait à un poème.

— Un poème, Madame ? dit le Premier ministre en se forçant à sourire.

— J'ai lu avant-hier un poème de Thomas Hardy absolument remarquable, décrivant le choc

how the *Titanic* and the iceberg that was to sink her came together. It's called 'The Convergence of the Twain'. Do you know it?"

"I don't, ma'am. But how would it help?"

"Help whom?"

"Well" – and the prime minister seemed a trifle embarrassed actually to have to say it – "the people."

"Oh, surely," said the Queen, "it would show, wouldn't it, that fate is something to which we are all subject."

She gazed at the prime minister, smiling helpfully. He looked down at his hands.

"I'm not sure that is a message the government would feel able to endorse." The public must not be allowed to think the world could not be managed. That way lay chaos. Or defeat at the polls, which was the same thing.

"I'm told" – and now it was his turn to smile helpfully – "that there is some excellent footage of Your Majesty's visit to South Africa."

The Queen sighed and pressed the bell. "We will think about it."

The prime minister knew that the audience was over as Norman opened the door and waited. "So this," thought the prime minister, "is the famous Norman."

"Oh, Norman," said the Queen, "the prime minister doesn't seem to have read Hardy. Perhaps

entre le *Titanic* et l'iceberg qui devait provoquer son naufrage. Il s'intitule "La double convergence". Vous le connaissez ?

— Non, Madame. Mais pensez-vous que cela soit utile ?

— Utile à qui ?

— Eh bien… au peuple. » Le Premier ministre paraissait curieusement embarrassé de devoir prononcer ce mot.

« Oh, bien sûr, dit la reine. Cela lui montrera, n'est-ce pas, que nous sommes tous soumis aux règles du destin. »

Elle sourit avec bienveillance au Premier ministre. Celui-ci contemplait ses mains.

« Je ne suis pas sûr que le gouvernement soit prêt à sanctionner un tel message », dit-il enfin. Le public ne devait pas être encouragé à penser que le monde était ingouvernable. Cela ne pouvait conduire qu'au chaos. Ou à la défaite électorale, ce qui revenait au même.

« Je me suis laissé dire – ce fut à son tour de sourire avec bienveillance – qu'il y avait un excellent reportage sur la visite de Votre Majesté en Afrique du Sud. »

La reine poussa un soupir et appuya sur la sonnette. « Nous allons y réfléchir », dit-elle.

Le Premier ministre savait que l'audience était terminée. Dans le couloir, Norman avait ouvert la porte et attendait les instructions royales. « Voilà donc le fameux Norman », songea-t-il.

« Oh, Norman, dit la reine, le Premier ministre n'a pas l'air d'avoir lu Hardy. Peut-être

you could find him one of our old paperbacks on his way out."

Slightly to her surprise the Queen did after a fashion get her way, and though she was not curled up on the sofa but seated at her usual table, and though she did not read the Hardy poem (rejected as not "forward-looking"), she began her Christmas broadcast with the opening paragraph of *A Tale of Two Cities* ("It was the best of times. It was the worst of times") and did it well, too. Choosing not to read from the autocue but from the book itself, she reminded the older ones in her audience (and they were the majority) of the kind of teacher some of them could still remember and who had read to them at school.

Encouraged by the reception given to her Christmas broadcast she persisted with her notion of reading in public, and late one night, as she closed her book on the Elizabethan Settlement, it occurred to her to ring the Archbishop of Canterbury.

There was a pause while he turned down the TV.

"Archbishop. Why do I never read the lesson?"

"I beg your pardon, ma'am?"

"In church. Everybody else gets to read and one never does. It's not laid down, is it? It's not off-limits?"

"Not that I'm aware, ma'am."

pourriez-vous lui confier l'une de nos vieilles éditions de poche, avant qu'il ne reparte ? »

Non sans quelque surprise, la reine finit par arriver à ses fins. Elle n'était certes pas assise sur un canapé, mais à sa table de travail habituelle, et ne lut pas le poème de Hardy, jugé insuffisamment « tourné vers l'avenir ». Mais elle entama son allocution avec le premier paragraphe d'*Un conte de deux villes* de Dickens (« C'était la plus belle et la pire des époques… ») et s'en tira d'ailleurs plutôt bien. En décidant de lire à partir du livre lui-même, plutôt que sur le prompteur, elle rappela aux membres les plus âgés de son audience (et c'était la majorité) les instituteurs qui leur faisaient jadis la lecture à l'école et dont certains se souvenaient encore.

Encouragée par l'accueil qu'avait reçu son émission de Noël, la reine persista dans sa volonté de lire en public. Tard un soir, en reposant un ouvrage sur la succession de son ancêtre Elizabeth, elle eut l'idée d'appeler l'archevêque de Canterbury.

Il y eut une pause à l'autre bout du fil, pendant que l'ecclésiastique baissait le son de la télé.

« Pourquoi n'ai-je jamais lu la leçon ?

— Je vous demande pardon, Votre Majesté ?

— À l'église. N'importe qui a le droit de lire la leçon, pendant les offices, mais je n'en ai jamais eu l'opportunité. Rien ne l'interdit, n'est-ce pas ? Ce n'est pas incompatible avec ma fonction ?

— Pas à ma connaissance, Madame.

"Good. Well in that case I'm going to start. Leviticus, here I come. Goodnight."

The archbishop shook his head and went back to *Strictly Come Dancing*.

But thereafter, particularly when she was in Norfolk, and even in Scotland, Her Majesty began to do a regular stint at the lectern. And not merely the lectern. Visiting a Norfolk primary school she sat down on a classroom chair and read a story from Babar to the children. Addressing a City banquet she treated them to a Betjeman poem, impromptu departures from her schedule which enchanted everyone except Sir Kevin, from whom she hadn't bothered to get clearance.

Also unscheduled was the conclusion of a tree-planting ceremony. Having lightly dug an oak sapling into the reclaimed earth of a bleak urban farm above the Medway, she rested on the ceremonial spade and recited by heart Philip Larkin's poem "The Trees", with its final verse:

Yet still the unresting castles thresh
In fullgrown thickness every May.
Last year is dead, they seem to say,
Begin afresh, afresh, afresh.

— Très bien. Dans ce cas, je vais m'y préparer. En commençant par le Lévitique. Bonne nuit. »

L'archevêque hocha la tête et retourna à *Danse avec les stars*[1].

Par la suite, particulièrement lorsqu'elle était à Norfolk, voire en Écosse, Sa Majesté ne manqua pas une occasion de participer de la sorte aux offices. Elle ne s'en tenait d'ailleurs pas à ses lectures religieuses. Au cours d'une visite dans une école primaire de Norfolk, elle s'assit sur une chaise de la salle de classe et se mit à lire une histoire de Babar aux enfants. Prenant un jour la parole lors d'un banquet municipal, elle récita aux invités un poème de Betjeman, ce qui n'était absolument pas prévu au programme et enchanta l'assistance, à l'exception de sir Kevin, qu'elle n'avait pas jugé utile de prévenir de cette initiative.

Une improvisation de même nature vint un jour clôturer la cérémonie traditionnelle marquée par la plantation d'un arbre. Après avoir vaguement installé un jeune chêne dans la terre amendée d'une hideuse ferme urbaine, au-dessus du Medway, la reine s'appuya sur l'épée rituelle et récita par cœur le poème de Philip Larkin, « Les arbres », jusqu'au dernier quatrain :

Et pourtant les châteaux inapaisés se battent
Dans leur plénitude adulte en mai.
L'année a pris fin, semblent-ils nous dire,
Il faut désormais renaître, renaître, renaître.

1. Programme de variétés *(N.d.É.)*.

And as that clear and unmistakable voice carried over the shabby wind-bitten grass it seemed it was not just the huddled municipal party she was addressing but herself too. It was her life she was calling upon, the new beginning hers.

Still, though reading absorbed her, what the Queen had not expected was the degree to which it drained her of enthusiasm for anything else. It's true that at the prospect of opening yet another swimming-baths her heart didn't exactly leap up, but even so, she had never actually resented having to do it. However tedious her obligations had been – visiting this, conferring that – boredom had never come into it. This was her duty and when she opened her engagement book every morning it had never been without interest or expectation.

No more. Now she surveyed the unrelenting progression of tours, travels and undertakings stretching years into the future only with dread. There was scarcely a day she could call her own and never two. Suddenly it had all become a drag. "Ma'am is tired," said her maid, hearing her groan at her desk. "It's time ma'am put her feet up occasionally."

Et tandis que cette voix claire, identifiable entre toutes, évoquait les malheureux brins d'herbe cinglés par le vent, on avait l'impression qu'elle ne s'adressait pas seulement à l'assemblée municipale, mais aussi à elle-même. C'était sa propre vie qu'elle invoquait, et le nouveau cours qu'elle venait de prendre.

Pourtant, même si sa lecture l'absorbait, la reine n'avait pas prévu que cette passion allait peu à peu lui ôter le goût de ses autres activités. Il est vrai que la perspective de devoir inaugurer une nouvelle piscine n'avait jamais soulevé en elle un enthousiasme débordant, mais elle n'éprouvait pour autant aucune répugnance à le faire. Si fastidieuses qu'aient été ses obligations – visiter tel endroit, accorder telle faveur –, l'ennui n'y avait jamais eu la moindre part. Il s'agissait de ses devoirs et lorsqu'elle ouvrait le registre de ses rendez-vous, chaque matin, c'était toujours avec une pointe d'attente ou d'intérêt.

Tel n'était plus le cas. Elle envisageait à présent avec un certain effroi l'incessante succession des tournées, des voyages officiels et des engagements qui l'attendaient, au cours des années à venir. Cela lui laissait à peine un jour de libre de temps à autre, et jamais deux d'affilée. Tout cela lui pesait désormais considérablement. « Madame est surmenée, disait sa camériste en l'entendant grommeler, assise à son bureau. Il faudrait que Madame lève le pied, au moins de temps en temps. »

But it wasn't that. It was reading, and love it though she did, there were times when she wished she had never opened a book and entered into other lives. It had spoiled her. Or spoiled her for this, anyway.

Meanwhile the grand visitors came and went, one of them the president of France who proved such a let-down on the Genet front. She mentioned this to the foreign secretary in the debriefing that was customary after such visits, but he had never heard of the convict-playwright either. Still, she said, drifting rather from the comments the president had made about Anglo-French monetary arrangements, dead loss though he had been on Genet (whom he had dismissed as "a denizen of the billiard hall"), he had proved a mine of information about Proust, who had hitherto just been a name to the Queen. To the foreign secretary he was not even that, and so she was able to fill him in a little.

"Terrible life, poor man. A martyr to asthma, apparently, and really someone to whom one would have wanted to say, 'Oh do pull your socks up.'

Mais le problème n'était pas là. Le problème, c'était la lecture. Malgré l'amour qu'elle lui vouait, il y avait des moments où elle regrettait d'avoir un jour ouvert un livre et pénétré par cette porte dans l'existence des autres. Cela avait du même coup gâché la sienne – en tout cas sur ce plan.

Entre-temps, les grands de ce monde allaient et venaient – dont le président français, qui s'était révélé d'un piètre secours au sujet de Jean Genet. La reine avait mentionné la chose au ministre des Affaires étrangères lors de la séance de débriefing qui était de règle après ce genre de visite, mais lui-même n'avait jamais entendu parler de l'ancien repris de justice devenu dramaturge. Esquivant les commentaires que le président avait faits sur la question des accords monétaires franco-anglais, la reine reconnut néanmoins qu'en dépit de sa méconnaissance de Genet (qu'il avait écarté d'un geste, en le traitant de « pilier de bistro »), le président avait été intarissable à propos de Proust, qui n'était jusqu'alors qu'un simple nom pour elle. Le ministre des Affaires étrangères était loin de pouvoir rivaliser avec lui sur le sujet, aussi fut-elle en mesure de lui fournir quelques informations.

« Le pauvre homme souffrait le martyre, en raison de son asthme, et faisait partie de ces gens qui auraient parfois besoin de se secouer un peu.

But literature's full of those. The curious thing about him was that when he dipped his cake in his tea (disgusting habit) the whole of his past life came back to him. Well, I tried it and it had no effect on me at all. The real treat when I was a child was Fuller's cakes. I suppose it might work with me if I were to taste one of them, but of course they've long since gone out of business, so no memories there. Are we finished?" She reached for her book.

The Queen's ignorance of Proust was, unlike the foreign secretary's, soon to be remedied, as Norman straightaway looked him up on the internet and, finding that the novel ran to thirteen volumes, thought it would be ideal reading on Her Majesty's summer holiday at Balmoral. George Painter's biography of Proust went with them, too. And seeing the blue- and pink-jacketed volumes ranged along her desk, the Queen thought they looked almost edible and straight out of a patisserie window.

It was a foul summer, cold, wet and unproductive, the guns grumbling every evening at their paltry bag. But for the Queen (and for Norman) it was an idyll. Seldom can there have been more of a contrast between the world

Mais la littérature n'est pas avare en individus de ce genre. Le plus curieux, en ce qui le concerne, c'est que lorsqu'il trempait un gâteau dans sa tasse de thé (pratique par ailleurs répugnante), toute sa vie passée remontait à sa mémoire. Je dois avouer que j'ai testé sa méthode, sans l'ombre d'un résultat. Dans mon enfance, les gâteaux qui faisaient fureur s'achetaient chez Fuller : peut-être cela aurait-il mieux marché si j'avais pu y avoir recours, mais la pâtisserie a depuis longtemps fermé ses portes, emportant ses souvenirs avec elle. En avons-nous terminé ? » ajouta-t-elle en saisissant son livre.

Contrairement à celle du ministre, l'ignorance de la reine au sujet de Proust n'allait pas tarder à être comblée. Norman avait immédiatement fait des recherches sur Internet et découvert que son roman n'occupait pas moins de treize volumes : il s'était dit que ce serait une lecture idéale pour les vacances d'été de Sa Majesté à Balmoral. Ils emportèrent également la biographie de Proust par George Painter. En contemplant les volumes alignés sur son bureau, la reine se disait qu'ils étaient presque aussi appétissants que les gâteaux de chez Fuller, avec leurs jaquettes rose et bleu.

Ce fut un été infect, aussi froid et pluvieux qu'improductif. Les chasseurs rentraient le soir en renâclant, la gibecière vide. Mais pour la reine (comme pour Norman) ce furent des semaines idylliques. Il aurait été difficile de trouver un plus grand contraste entre l'univers

of the book and the place in which it was read, the pair of them engrossed in the sufferings of Swann, the petty vulgarities of Mme Verdurin and the absurdities of Baron de Charlus, while in the wet butts on the hills the guns cracked out their empty tattoo and the occasional dead and sodden stag was borne past the window.

Duty required that the prime minister and his wife join the house party for a few days, and though not a shot himself he was at least hoping to accompany the Queen on some brisk walks through the heather where, as he put it, he "hoped to get to know her better". But knowing less of Proust than he did even of Thomas Hardy, the prime minister was disappointed: these would-be heart-to-hearts were never on the cards.

Breakfast over, Her Majesty retired to her study with Norman, the men drove off in their Land Rovers for another disappointing day and the prime minister and his wife were left to their own devices. Some days they trailed through the heather and over the moors to eat a wet and awkward picnic with the guns, but in the afternoon, having exhausted the area's shopping potential by buying a tweed rug and a box of shortbread,

propre à ce livre et le contexte dans lequel ils le lisaient, captivés par les souffrances de Swann, la médiocrité de Mme Verdurin et les excentricités du baron de Charlus – tandis que dans les collines environnantes les chasseurs sonnaient la retraite, trempés de la tête aux pieds, traînant parfois sous leurs fenêtres le cadavre ruisselant d'un cerf.

L'étiquette exigeait que le Premier ministre et son épouse viennent passer quelques jours dans la résidence royale. Bien qu'il ne chassât pas, le locataire de Downing Street comptait au moins accompagner la reine au cours de promenades vivifiantes à travers la lande, dans l'espoir (ainsi qu'il l'avait formulé lui-même) « de faire plus ample connaissance ». Mais son érudition dans le domaine proustien étant encore plus limitée qu'au sujet de Thomas Hardy, sa déception fut cuisante : ces hypothétiques tête-à-tête n'étaient décidément pas à l'ordre du jour.

Sitôt le petit déjeuner terminé, Sa Majesté se retirait dans son bureau en compagnie de Norman et les hommes montaient dans leurs Land Rover, prêts à un nouveau fiasco, abandonnant le Premier ministre et son épouse à leur triste sort. À une ou deux reprises, ceux-ci accompagnèrent bien les chasseurs, pataugeant dans la lande et les marais des environs, et partagèrent même avec eux un pique-nique aussi humide qu'ennuyeux. Mais l'après-midi, après avoir acheté un tapis en tweed et une grande boîte de sablés, épuisant du même coup le potentiel touristique de la région,

they could be found in a distant corner of the drawing room playing a sad game of Monopoly.

Four days of this was enough, and making an excuse ("trouble in the Middle East") the prime minister and his lady determined to depart early. On their last evening a game of charades was hurriedly organised, the choice of each well-known phrase or saying apparently one of the lesser-known prerogatives of the monarch, and well known though they may have been to her, they were a mystery to everyone else, including the prime minister.

The prime minister never liked to lose, even to the monarch, and it was no consolation to be told by one of the princes that no one but the Queen could hope to win, as the questions (several of them about Proust) were set by Norman and taken from their reading.

Had Her Majesty resumed a raft of long-disused prerogatives the prime minister could not have been more put out, and on his return to London he wasted no time in getting his special adviser on to Sir Kevin, who condoled with him, while pointing out that currently Norman was a burden they all had to share.

ils furent contraints de se retirer dans un coin du salon et d'entamer une lugubre partie de Monopoly.

Au bout de quatre jours, la coupe était pleine. Sous un prétexte quelconque (« de graves problèmes au Moyen-Orient »), le Premier ministre et son épouse annoncèrent qu'ils partiraient de bonne heure, le lendemain matin. Pour leur dernière soirée, un jeu de charade fut organisé à la hâte. Le choix de proverbes ou de propos célèbres retenus pour l'occasion était apparemment l'une des prérogatives les moins établies de la monarque : mais s'ils jouissaient à ses yeux d'une certaine notoriété, ces divers dictons étaient parfaitement inconnus du reste de l'assemblée, y compris du Premier ministre.

Ce dernier détestait perdre, même contre sa souveraine, et ne fut nullement rasséréné lorsque l'un des princes présents lui expliqua que seule la reine était en mesure de gagner, étant donné que les questions avaient été rédigées par Norman, à partir de leurs lectures communes (plusieurs d'entre elles faisaient référence à Proust).

Sa Majesté aurait exhumé une pléthore de prérogatives tombées dans l'oubli que le Premier ministre n'aurait pas été plus furieux. Sitôt rentré à Londres, il ne perdit pas un instant et demanda à son conseiller particulier d'aller trouver sir Kevin. Ce dernier se montra compatissant, tout en soulignant que pour l'instant Norman était un fardeau qu'ils se voyaient tous contraints de supporter.

The special adviser was unimpressed. "Is this bloke Norman a nancy?"

Sir Kevin didn't know for certain but thought it was possible.

"And does she know that?"

"Her Majesty? Probably."

"And do the press?"

"I think the press," said Sir Kevin, clenching and unclenching his cheeks, "are the last thing we want."

"Exactly. So can I leave it with you?"

It happened that upcoming was a state visit to Canada, a treat that Norman was not down to share, preferring to go home for his holidays to Stockton-on-Tees. However, he made all the preparations beforehand, carefully packing a case of books that would see Her Majesty fully occupied from coast to farthest coast. The Canadians were not, so far as Norman knew, a bookish people and the schedule was so tight that the chances of Her Majesty getting to browse in a bookshop were slim. She was looking forward to the trip, as much of the journey was by train, and she pictured herself in happy seclusion whisked across the continent as she turned the pages of Pepys, whom she was reading for the first time.

Le conseiller du Premier ministre ne se laissa pas démonter. « Ce Norman n'est-il pas une tantouze ? »

Sir Kevin n'en avait pas la certitude absolue, mais estimait l'hypothèse vraisemblable.

« Est-elle au courant ?

— Sa Majesté ? Probablement.

— Et la presse ?

— Il me semble, répondit sir Kevin en serrant les mâchoires, qu'il vaudrait mieux éviter que la presse mette son nez dans cette affaire.

— Absolument. Je puis donc compter sur vous pour régler la question ? »

Il se trouve que la reine devait effectuer peu après une visite d'État au Canada, un plaisir que Norman n'avait pas souhaité partager, préférant passer quelques jours de vacances dans sa famille, à Stockton-on-Tees. Il s'était néanmoins chargé à l'avance de tous les préparatifs, emballant avec soin une caisse de livres grâce auxquels la reine allait pouvoir occuper intelligemment son temps, lors de ses déplacements à travers le continent. D'après ce que Norman avait entendu dire, les Canadiens n'étaient pas très portés sur les livres et l'emploi du temps de Sa Majesté était si serré qu'il ne lui serait probablement guère loisible d'entrer dans une librairie. Elle attendait ce voyage avec impatience : l'essentiel des trajets devaient s'effectuer en train et elle se voyait déjà, prisonnière volontaire, traversant le pays d'est en ouest tout en dévorant le *Journal* de Samuel Pepys, qu'elle venait de découvrir.

In fact, though, the tour, or at least the beginning of it, turned out to be disastrous. The Queen was bored, uncooperative and glum, shortcomings all of which her equerries would readily have blamed on her reading, were it not for the fact that, on this occasion, she had no reading, the books Norman had packed for her having unaccountably gone missing. Dispatched from Heathrow with the royal party, they turned up months later in Calgary, where they were made the focus of a nice if rather eccentric exhibition at the local library. In the meantime, though, Her Majesty had nothing to occupy her mind and rather than focusing her attention on the job in hand, which had been Sir Kevin's intention in arranging for the books' misdirection, being at a loose end just made her bad-tempered and difficult.

In the far north what few polar bears could be assembled hung about waiting for Her Majesty, but when she did not appear loped off to an ice floe that held more promise. Logs jammed, glaciers slid into the freezing waters, all unobserved by the royal visitor, who kept to her cabin.

"Don't you want to look at the St Lawrence Seaway?" said her husband.

"I opened it fifty years ago. I don't suppose it's changed."

Mais hélas, ce voyage fut un véritable désastre, du moins au début. La reine était maussade, irritable et renfrognée, défauts que les officiers de sa suite auraient volontiers mis sur le compte de ses lectures – sauf qu'en la circonstance elle n'avait justement rien à lire, la caisse préparée par Norman s'étant mystérieusement égarée en cours de route. Partie de Heathrow en même temps que le cortège royal, elle ne refit surface qu'au bout de plusieurs mois, à Calgary : les livres qu'elle contenait firent d'ailleurs l'objet d'une exposition qui connut un succès inattendu, à la bibliothèque municipale. Mais pour l'instant, Sa Majesté n'avait rien à se mettre sous la dent. Au lieu de se concentrer sur le travail qui l'attendait, comme l'avait espéré sir Kevin en aiguillant lui-même la caisse de livres dans la mauvaise direction, Sa Majesté se retrouvait désœuvrée, ce qui ne faisait qu'augmenter son dépit et sa mauvaise humeur.

À l'extrême nord du pays, les rares ours polaires qu'on avait pu rassembler attendaient le passage de Sa Majesté : ne la voyant pas apparaître, ils finirent par regagner un coin de banquise sans doute plus prometteur. Des troncs d'arbres et des blocs de glace dérivaient sur les eaux gelées, dans l'indifférence de la voyageuse royale qui restait obstinément cloîtrée dans sa cabine.

« Vous n'avez pas envie d'admirer l'embouchure du Saint-Laurent ? lui demanda son mari.

— Elle était déjà là il y a cinquante ans, je ne pense pas qu'elle ait beaucoup changé. »

Even the Rockies received only a perfunctory glance and Niagara Falls was given a miss altogether ("I have seen it three times") and the duke went alone.

It happened, though, that at a reception for Canadian cultural notables the Queen got talking to Alice Munro and, learning that she was a novelist and short-story writer, requested one of her books, which she greatly enjoyed. Even better, it turned out there were many more where that came from and which Ms Munro readily supplied.

"Can there be any greater pleasure," she confided in her neighbour, the Canadian minister for overseas trade, "than to come across an author one enjoys and then to find they have written not just one book or two, but at least a dozen?"

And all, though she did not say this, in paperback and so handbag size. A postcard was immediately dispatched to Norman telling him to get those few that were out of print from the library to await her return. Oh what treats!

But Norman was no longer there.

The day before he was due to depart for the delights of Stockton-on-Tees Norman was called into Sir Kevin's office. The prime

Les montagnes Rocheuses n'eurent droit elles aussi qu'à un coup d'œil dédaigneux. Quant aux chutes du Niagara, elle refusa de s'en approcher (« je les ai déjà vues trois fois ») et le duc fut contraint de s'y rendre seul.

Il advint toutefois qu'au cours d'une réception organisée en l'honneur des célébrités culturelles canadiennes, la reine lia conversation avec Alice Munro. Apprenant que celle-ci était romancière, elle lui demanda de lui faire parvenir l'un de ses livres, qui lui plut beaucoup. Mieux encore, il s'avéra que Mrs Munro en avait écrit beaucoup d'autres, qu'elle s'empressa d'adresser à Sa Majesté.

« Y a-t-il un plus grand plaisir que de découvrir un bon auteur ? demanda la reine à son voisin, le ministre canadien du Commerce extérieur. *A fortiori* lorsqu'il a écrit une bonne douzaine d'ouvrages ? »

D'autant (mais elle s'abstint de le préciser) qu'ils existaient tous en édition de poche et se glissaient facilement dans un sac à main. Une carte postale fut immédiatement expédiée à Norman, pour lui demander de se procurer à la bibliothèque les deux ou trois titres actuellement épuisés. Ah, quel régal en perspective !

Sauf que Norman n'était plus là.

La veille de son départ pour le cadre enchanteur de Stockton-on-Tees, Norman fut convoqué dans le bureau de sir Kevin. Le conseiller

minister's special adviser had said that Norman should be sacked; Sir Kevin disliked the special adviser; he didn't like Norman much but he disliked the special adviser more, and it was this that saved Norman's bacon. Besides, Sir Kevin felt the sack was vulgar. Norman should not get the sack. There was a neater solution.

"Her Majesty is always anxious for the betterment of her employees," the private secretary said benignly, "and though she is more than satisfied with your work she wonders if you have ever thought of university?"

"University?" said Norman, who hadn't.

"Specifically, the University of East Anglia. They have a very good English Department and indeed a School of Creative Writing. I have only to mention the names" – Sir Kevin looked down at his pad – "of Ian McEwan, Rose Tremain and Kazuo Ishiguro..."

"Yes," said Norman. "We've read those."

Wincing at the "we", the private secretary said that he thought East Anglia would suit Norman very well.

"What with?" said Norman. "I've no money."

particulier du Premier ministre avait décrété que Norman devait être viré. Sir Kevin n'aimait pas le conseiller particulier ; il n'aimait pas beaucoup Norman, mais détestait encore plus le conseiller particulier, ce qui sauva la peau du jeune homme. De surcroît, sir Kevin trouvait vulgaire de licencier les gens. Norman ne devait pas être viré. Il devait exister une solution plus élégante.

« Sa Majesté se montre toujours soucieuse d'améliorer le sort de ses employés, déclara le secrétaire particulier d'un air bon enfant. Et bien qu'elle soit extrêmement satisfaite de la manière dont vous vous acquittez de votre tâche, elle se demande si vous avez jamais songé à fréquenter l'université ?

— L'université ? dit Norman, que cette pensée n'avait pas effleuré un instant.

— Plus précisément, l'université d'East Anglia. Ils ont un très bon département de littérature anglaise et des ateliers d'écriture animés par d'excellents professeurs. Il me suffit de mentionner leurs noms », ajouta sir Kevin en consultant ses notes : « Ian McEwan, Rose Tremain, Kazuo Ishiguro…

— Oui, dit Norman, nous avons lu leurs livres. »

Non sans avoir tiqué à l'énoncé de ce « nous », le secrétaire particulier déclara qu'East Anglia conviendrait parfaitement à Norman.

« Je ne vois pas comment, dit Norman. C'est au-dessus de mes moyens.

"That will not be a problem. Her Majesty, you see, is anxious not to hold you back."

"I think I would rather stay here," said Norman. "It's an education in itself."

"Ye-es," said the private secretary. "That will not be possible. Her Majesty has someone else in mind. Of course," he smiled helpfully, "your job in the kitchen is always open."

Thus it was that when the Queen returned from Canada there was no Norman perched on his usual seat in the corridor. His chair was empty, not that there was a chair any more or that comforting pile of books she had got used to finding on her bedside table. More immediately, there was no one to whom she could discourse on the excellences of Alice Munro.

"He wasn't popular, ma'am," said Sir Kevin.

"He was popular with me," said the Queen. "Where has he gone?"

"No idea, ma'am."

Norman, being a sensitive boy, wrote the Queen a long, chatty letter about the courses he was taking and the reading he had to do, but when he got a reply beginning "Thank you for your letter in which Her Majesty was most interested" he knew he had been eased out,

— Ce détail ne pose aucun problème. Sa Majesté, voyez-vous, est soucieuse de ne pas entraver vos projets.

— Je crois que je préfère rester ici, dit Norman. Cela vaut largement toutes les études que je pourrais faire.

— Je crains que cela ne soit impossible, rétorqua le secrétaire particulier. Sa Majesté envisage d'engager quelqu'un d'autre. Bien sûr, ajouta-t-il avec un large sourire, il vous est toujours possible de reprendre votre poste aux cuisines. »

C'est ainsi qu'à son retour du Canada la reine ne retrouva pas Norman à son poste habituel, perché sur sa chaise. Cette dernière avait d'ailleurs disparu, elle aussi, tout comme la pile de livres qui attendait chaque soir Sa Majesté sur sa table de chevet. Dans l'immédiat, elle n'avait donc plus d'interlocuteur pour discuter des mérites d'Alice Munro.

« Il n'était pas très apprécié, Madame, commenta sir Kevin.

— Je l'appréciais, quant à moi, dit la reine. Où est-il allé ?

— Aucune idée, Madame. »

Norman, qui était un garçon sensible, écrivit à la reine une longue missive à propos des cours qu'il allait suivre et des lectures qu'il devait faire, mais ne reçut en guise de réponse qu'un message commençant par le traditionnel « Nous vous remercions pour votre lettre, dont le contenu a beaucoup intéressé Sa Majesté… ». Il comprit alors qu'il avait été définitivement écarté,

though whether by the Queen or her private secretary he wasn't sure.

If Norman didn't know who had engineered his departure, the Queen herself was in no doubt. Norman had gone the way of the travelling library and the case of books that ended up in Calgary. Like the book she had hidden behind the cushion in the state coach, he was lucky not to have been exploded. And she missed him, there was no doubt. But no letter came, no note, and there was nothing for it but grimly to go on. It wouldn't put a stop to her reading.

That the Queen was not more troubled by Norman's sudden departure might seem surprising and to reflect poorly on her character. But sudden absences and abrupt departures had always been a feature of her life. She was seldom told, for instance, when anyone was ill; distress and even fellow feeling something that being Queen entitled her to be without, or so her courtiers thought. When, as unfortunately happened, death did claim a servant or even sometimes a friend, it was often the first time that the Queen had heard that anything was amiss, "We mustn't worry Her Majesty" a guiding principle for all her servants.

sans savoir si c'était à l'initiative de la reine ou de son secrétaire particulier.

Si Norman ignorait qui avait manœuvré pour le chasser du palais, la reine ne nourrissait quant à elle aucun doute à ce sujet. Le jeune homme avait suivi le même chemin que le bibliobus ou la caisse de livres qui devait resurgir à Calgary. Il pouvait encore s'estimer heureux de ne pas avoir été dynamité, comme le livre qu'elle avait glissé sous un coussin dans le carrosse royal. Norman lui manquait, cela ne faisait aucun doute. Mais comme elle ne recevait aucune lettre, aucun signe de sa part, il ne lui restait qu'à serrer les dents et poursuivre son chemin. Cela ne l'empêcherait pas de continuer à lire.

Le fait que la reine n'ait pas été davantage troublée par le brusque départ de Norman risque de paraître un peu surprenant et de ne pas témoigner en sa faveur. Mais les absences et les départs inopinés étaient depuis toujours son lot quotidien. On lui parlait rarement, par exemple, de la maladie des gens qu'elle connaissait. Son statut de reine impliquait qu'on lui épargne une trop grande douleur, voire une simple compassion. Telle était du moins l'opinion de ses courtisans. Lorsque la mort frappait l'un de ses serviteurs – ou parfois même un ami, comme cela arrivait hélas de temps en temps –, il était fréquent que la reine n'ait pas été informée qu'un événement aussi dramatique se profilait à l'horizon. « Nous ne voulions pas inquiéter Votre Majesté » : tel était le principe qu'appliquaient l'ensemble de ses serviteurs.

Norman of course had not died, just gone to the University of East Anglia, though, as the equerries saw it, this was much the same thing, as he had gone from Her Majesty's life and thus no longer existed, his name never mentioned by the Queen or anyone else. But the Queen should not be blamed on that score, on that the equerries agreed; the Queen should never be blamed. People died, people left and (more and more) people got into the papers. For her they were all departures of one sort or another. They left but she went on.

Less to her credit, before Norman's mysterious departure the Queen had begun to wonder if she was outgrowing him... or rather, out-reading him. Once upon a time he had been a humble and straightforward guide to the world of books. He had advised her as to what to read and had not hesitated to say when he thought she was not ready for a book yet. Beckett, for instance, he had kept from her for a long while, and Nabokov, and it was only gradually he had introduced her to Philip Roth (with *Portnoy's Complaint* quite late on in the sequence).

More and more, though, she had read what she fancied and Norman had done the same. They talked about what they were reading but increasingly she felt her life and experience gave her the advantage; books could only take one so far.

Norman n'était pas mort, évidemment, il s'était juste inscrit à l'université d'East Anglia. Mais aux yeux des officiers du palais, cela revenait au même : étant donné qu'il était sorti de la vie de Sa Majesté, il avait cessé d'exister et son nom n'était plus jamais prononcé, par la reine ou par quelqu'un d'autre. Mais celle-ci ne pouvait être accusée d'un tel état de fait, les officiers s'accordaient à le reconnaître. D'ailleurs, la reine ne pouvait être accusée de rien. Des personnes mouraient, d'autres partaient, d'autres encore (en quantité croissante) démissionnaient : il s'agissait toujours d'un départ. Les gens la quittaient, mais elle devait poursuivre sa route.

Il y avait un autre point, qui était moins à son avantage. Avant le mystérieux départ de Norman, la reine s'était demandé si elle ne l'avait pas dépassé… du moins en ce qui concernait la lecture. Au tout début, il avait été pour elle un guide à la fois humble et loyal dans le monde des livres. Il l'avait utilement conseillée et n'avait pas hésité, le cas échéant, à lui dire qu'elle n'était pas encore prête à lire tel ou tel ouvrage. Il lui avait longtemps déconseillé Beckett ou Nabokov, par exemple, et ne l'avait initiée à Philip Roth que par paliers successifs (en gardant *Portnoy et son complexe* pour la fin). De plus en plus, néanmoins, elle lisait ce dont elle avait envie et Norman faisait de même. Ils échangeaient leurs impressions, mais elle sentait avec une acuité croissante que la vie et l'expérience étaient en train de lui redonner l'avantage. Les livres avaient tout de même leurs limites.

She had learned, too, that Norman's preferences could sometimes be suspect. Other things being equal he still tended to prefer gay authors, hence her acquaintance with Genet. Some she liked – the novels of Mary Renault, for instance, fascinated her – but others of a deviant persuasion she was less keen on: Denton Welch, for instance (a favourite of Norman's), whom she felt was rather unhealthy; Isherwood (no time for all the meditation). As a reader she was brisk and straight-forward; she didn't want to *wallow* in anything.

With no Norman to talk to, the Queen now found she was conducting lengthier discussions with herself and putting more and more of her thoughts on paper, so that her notebooks multiplied and widened in scope. "One recipe for happiness is to have no sense of entitlement." To this she added a star and noted at the bottom of the page: "This is not a lesson I have ever been in a position to learn."

"I was giving the CH once, I think it was to Anthony Powell, and we were discussing bad behaviour. Notably well behaved himself and even conventional, he remarked that being a writer didn't excuse one from being a human being.

Elle s'était également aperçue que les préférences de Norman pouvaient s'avérer suspectes. À qualités littéraires égales, il avait tendance à préférer les auteurs gays – d'où sa découverte de Genet. Certains lui plaisaient, d'ailleurs – comme Mary Renault, dont les romans la fascinaient –, mais elle était beaucoup plus réservée à l'égard d'autres romanciers, en raison de leur déviance trop marquée : Denton Welch, par exemple (l'un des préférés de Norman), qu'elle trouvait un peu malsain ; ou Isherwood, dont les méditations avaient tendance à l'ennuyer. En tant que lectrice, elle était vive et directe. Et elle refusait de se *complaire* dans quelque univers que ce soit.

Ne pouvant plus discuter avec Norman, la reine se rendit compte qu'elle s'entretenait désormais davantage avec elle-même et notait de plus en plus souvent ses réflexions, de sorte que le nombre de ses carnets ne tarda pas à se multiplier, comme celui des sujets qu'elle y abordait. « L'une des recettes du bonheur consiste à se moquer des prérogatives. » Après avoir inscrit cette phrase, elle adjoignit un astérisque et ajouta au bas de la page : « Précepte que ma position ne m'a guère permis d'exercer. »

« Je décorais un jour quelqu'un, je crois qu'il s'agissait d'Anthony Powell, et nous parlions des gens qui ne savent pas se tenir en société. Il avait lui-même une attitude irréprochable, pour ne pas dire conventionnelle, et me fit remarquer que le fait d'écrire des livres ne dispensait personne de se comporter comme un être humain

Whereas (one didn't say this) being Queen does. I have to seem like a human being all the time, but I seldom have to be one. I have people to do that for me."

In addition to thoughts such as these she found herself noting descriptions of people she met, not necessarily all of them famous: their oddities of behaviour, their turns of phrase, as well as the stories she was told, often in confidence. When some scandalous report about the royal family appeared in the newspapers the real facts went into her notebook. When some scandal escaped public notice, that too went down, and all of them told in that sensible, down-to-earth tone of voice she was coming to recognise and even relish as her own style.

In the absence of Norman her reading, though it did not falter, did change direction. While she still ordered books from the London Library and from booksellers, with Norman gone it was no longer their secret. Now she had to ask the lady-in-waiting, who spoke to the comptroller before drawing the petty cash. It was a wearisome process, which she would occasionally circumvent by asking one of the more peripheral grandchildren to get her books.

– contrairement au fait d'être reine (c'est moi qui ajoute ce commentaire). Je dois constamment afficher mon humanité, mais j'ai rarement l'occasion de l'exercer pour de bon. Il y a autour de moi des gens pour le faire à ma place. »

Outre ce genre de pensées, elle se mit à décrire les individus qu'elle rencontrait, sans se limiter aux plus célèbres : les bizarreries de leur comportement, leur manière de s'exprimer, ainsi que les histoires qu'on lui rapportait, souvent sous le sceau du secret. Lorsqu'un scandale éclatait et s'étalait dans les journaux au sujet de la famille royale, la vérité des faits se trouvait souvent consignée dans ses carnets. Et lorsqu'un autre échappait à l'attention du public, il y était aussi scrupuleusement rapporté. Tout cela sur ce ton à la fois sensible et terre à terre qu'elle commençait à reconnaître – et même à savourer – comme étant son propre style.

Une fois Norman parti, le rythme de ses lectures ne diminua pas, mais suivit un cours différent. Même si elle continuait de commander des livres dans des librairies et à la bibliothèque de Londres, les choses ne se passaient plus comme du temps où ils avaient ce secret en commun. Elle devait maintenant en parler à sa dame d'honneur, qui en référait à l'administration du palais avant de pouvoir retirer la somme nécessaire, si insignifiante soit-elle. C'était un processus fastidieux, qu'elle contournait à l'occasion en demandant à l'un de ses petits-enfants les moins exposés d'aller lui acheter les ouvrages dont elle avait besoin.

They were happy to oblige and pleased to be taken notice of at all, the public scarcely knowing they existed. But more and more now the Queen began to take books out of her own libraries, particularly the one at Windsor, where, though the choice of modern books was not unlimited, the shelves were stacked with many editions of the classic texts, some of them, of course, autographed – Balzac, Turgenev, Fielding, Conrad, books which once she would have thought beyond her but which now she sailed through, pencil always in hand, and in the process, incidentally, becoming reconciled even to Henry James, whose divagations she now took in her stride: "After all," as she wrote in her notebook, "novels are not necessarily written as the crow flies." Seeing her sitting at the window to catch the last of the light, the librarian thought that a more assiduous reader these ancient shelves had not seen since the days of George III.

The librarian at Windsor had been one of many who had urged on Her Majesty the charms of Jane Austen, but being told on all sides how much ma'am would like her put ma'am off altogether. Besides she had handicaps as a reader of Jane Austen that were peculiarly her own. The essence of Jane Austen lies in minute social distinctions, distinctions which the Queen's unique position made it difficult for her to grasp.

Ils étaient heureux de lui rendre ce service et d'être pris en considération, le grand public ayant à peine conscience de leur existence. Mais la reine avait de plus en plus souvent recours à ses propres bibliothèques, celle de Windsor notamment où – bien que pauvres en littérature moderne – les étagères abondaient en ouvrages classiques, souvent dédicacés par leurs auteurs : Balzac, Tourgueniev, Fielding, Conrad… Jadis elle aurait trouvé ces textes trop ardus pour elle, mais elle s'y attaquait vaillamment à présent, le crayon à la main, et finit même par se réconcilier en cours de route avec Henry James, dont les divagations ne lui posaient plus guère de problèmes. « Après tout (comme elle le nota dans un carnet), les romans ne sont pas nécessairement conçus pour suivre le plus court chemin d'un point à un autre. » En la voyant assise près de la fenêtre pour profiter des dernières lueurs du jour, le bibliothécaire se disait que ces antiques étagères n'avaient pas connu de lectrice plus assidue depuis l'époque de George III.

Le bibliothécaire de Windsor était l'une des nombreuses personnes à avoir vanté à Sa Majesté les charmes de Jane Austen, mais le fait que tout le monde lui dise qu'elle allait adorer ses livres l'en avait plutôt détournée. De surcroît, elle rencontrait en la lisant un obstacle qui ne tenait qu'à elle : l'essence de son œuvre reposait sur de subtiles distinctions sociales, dont la position à tous égards unique de la reine ne lui permettait guère de saisir les nuances.

There was such a chasm between the monarch and even her grandest subject that the social differences beyond that were somewhat telescoped. So the social distinctions of which Jane Austen made so much seemed of even less consequence to the Queen than they did to the ordinary reader, thus making the novels much harder going. To begin with at any rate Jane Austen was practically a work of entomology, the characters not quite ants but seeming to the royal reader so much alike as to require a microscope. It was only as she gained in understanding both of literature and of human nature that they took on individuality and charm.

Feminism, too, got short shrift, at least to begin with and for the same reason, the separations of gender like the differences of class as nothing compared with the gulf that separated the Queen from the rest of humanity.

But whether it was Jane Austen or feminism or even Dostoevsky the Queen eventually got round to it and to much else besides, but never without regret. Years ago she had sat next to Lord David Cecil at a dinner in Oxford and had been at a loss for conversation. He, she found, had written books on Jane Austen and these days she would have relished the encounter. But Lord David was dead and so it was too late.

Il y avait un tel abîme entre le monarque et n'importe lequel de ses sujets – fût-il le plus haut placé – que les différences concernant les échelons inférieurs s'en trouvaient quelque peu effacées. Ce pourquoi les distinctions sociales sur lesquelles Jane Austen insistait tant paraissaient encore plus insignifiantes à la reine qu'à un lecteur ordinaire et ne facilitaient pas sa lecture. Pour commencer, ses romans relevaient pratiquement de l'entomologie : et si les personnages n'étaient pas de simples fourmis, aux yeux d'une lectrice royale ils requéraient tout de même l'aide d'un microscope. Ce fut seulement lorsqu'elle eut progressé dans sa compréhension, tant de la littérature que de la nature humaine, qu'ils acquirent enfin leur relief et leur charme.

Le féminisme fut vite expédié lui aussi, du moins au début, et pour la même raison : tout comme les différences de classes, la séparation des genres était insignifiante, comparée à l'abîme qui distinguait la reine du reste de l'humanité.

Qu'il s'agisse de Jane Austen, du féminisme, voire de Dostoïevski, la reine finissait toujours par contourner la difficulté, mais ce n'était jamais sans quelque regret. Des années plus tôt, elle s'était trouvée assise à côté de lord David Cecil lors d'un dîner à Oxford et n'avait rien trouvé à lui dire. Elle avait découvert récemment qu'il avait consacré plusieurs livres à Jane Austen et l'aurait volontiers rencontré aujourd'hui. Mais lord David était mort et elle arrivait trop tard.

Too late. It was all too late. But she went on, determined as ever and always trying to catch up.

The household too, went on, running as smoothly as it always did, the moves from London to Windsor to Norfolk to Scotland achieved with no seeming effort, at any rate on her part, so that sometimes she felt almost surplus to the procedure, the same transferences and translations accomplished regardless of the person at their centre. It was a ritual of departure and arrival in which she was just a piece of luggage; the most important piece, there was no disputing that, but luggage nevertheless.

In one respect these peregrinations went better than they had done in the past, in that the personage around whom they revolved generally had her nose in a book. She got into the car at Buckingham Palace and got out at Windsor without ever leaving the side of Captain Crouchback in the evacuation of Crete. She flew to Scotland happy in the (occasionally exasperating) company of Tristram Shandy, and when she got bored with him Trollope (Anthony) was never far away. It all made her a pliant and undemanding traveller. True, she wasn't always

Tout arrivait trop tard. Elle n'en poursuivait pas moins sa route, plus déterminée que jamais et bien décidée à rattraper le temps perdu.

La vie de la famille royale poursuivait parallèlement son cours bien rodé, comme cela avait toujours été le cas : les déplacements de Londres à Windsor, du Norfolk à l'Écosse, se déroulaient sans heurts ni efforts apparents, en tout cas de sa part, au point que la reine avait parfois l'impression de ne pas tenir un grand rôle dans cette organisation – tous ces transferts suivant leur logique propre, indépendamment de la personne qui en était l'objet. De départs en arrivées, tout cela obéissait à un rituel dans lequel elle n'était au fond qu'un bagage parmi beaucoup d'autres, même si elle en était la pièce maîtresse.

D'une certaine façon, ces pérégrinations étaient même moins agitées que par le passé, étant donné que celle qui en était le centre avait le plus souvent le nez plongé dans un livre. Elle s'engouffrait dans sa voiture à Buckingham Palace et en ressortait à Windsor sans avoir lâché un instant le capitaine Crouchback, occupé à évacuer la Crète. Elle s'envolait vers l'Écosse en compagnie de Tristram Shandy ; et lorsque ce dernier devenait par trop exaspérant (ce qui était fréquent), Anthony Trollope n'était jamais bien loin. Tout cela faisait d'elle une voyageuse accommodante et fort peu exigeante. Il est vrai que, contrairement à autrefois,

quite as on the dot as she used to be, and the motor waiting under the canopy in the courtyard was a familiar sight, the duke increasingly tetchy in the back. But when she eventually hurried into the car she was never tetchy; after all, she had her book.

Her household, though, had no such solace and the equerries in particular were becoming increasingly restive and critical. Urbane and exquisitely mannered though he is, the equerry is essentially only a stage manager; always aware when deference is due he (or occasionally she) knows, too, that this is a performance and he is in charge of it, with Her Majesty playing the leading role.

The audience or the spectators – and where the Queen is concerned everyone is a spectator – know that it is a performance, while liking to tell themselves that it isn't, quite, and to think, performance notwithstanding, that they have occasionally caught a glimpse of behaviour that is more "natural", more "real" – the odd overheard remark, for instance ("I could murder a gin and tonic," from the late Queen Mother, "Bloody dogs," from the Duke of Edinburgh), or the Queen sitting down at a garden party and thankfully kicking off her shoes.

elle n'était pas toujours d'une ponctualité exemplaire : il n'était pas rare d'entendre le moteur tourner sous le capot du véhicule, dans la cour du palais, tandis que le duc manifestait une irritation croissante sur la banquette arrière. Cependant, lorsqu'elle finissait par prendre place à bord, elle n'était jamais de mauvaise humeur. Après tout, son livre l'attendait.

Mais les membres de sa maisonnée ne bénéficiaient pas d'une telle échappatoire. Les officiers du palais, en particulier, manifestaient une réticence et un scepticisme croissants. En dépit de leur politesse et de leur urbanité sans faille, leur rôle s'apparentait pour l'essentiel à celui d'un régisseur de théâtre : sans perdre de vue la déférence propre à leur fonction, ils (ou parfois elles) savaient qu'ils devaient veiller au bon déroulement de la représentation dont ils avaient la charge et dans laquelle Sa Majesté tenait le rôle principal.

Les spectateurs – et s'agissant de la reine, tout le monde en était un – savaient qu'ils assistaient à une représentation, même s'ils aimaient caresser l'idée que ce n'était pas tout à fait le cas, qu'en dépit du spectacle ils captaient parfois l'éclat d'un regard ou d'un geste plus « naturel » et par là même plus « réel » – comme les reparties souvent citées de la reine mère (« je m'enverrais bien un gin tonic ») et du duc d'Édimbourg (« satanés clébards »), ou l'image de la reine assise sur un fauteuil et retirant avec soulagement ses chaussures lors d'une garden-party.

In truth, of course, these supposedly unguarded moments are just as much a performance as the royal family at its most hieratic. This show, or sideshow, might be called playing at being normal and is as contrived as the most formal public appearance, even though those who witness or overhear it think that this is the Queen and her family at their most human and natural. Formal or informal, it is all part of that self-presentation in which the equerries collaborate and which, these apparently impromptu moments apart, is from the public's point of view virtually seamless.

It only gradually came home to the equerries that these supposedly sincere moments, glimpses of the Queen as she "really is", were occurring less often. Diligently though Her Majesty might carry out all her duties, that was all she was doing, and never now pretending, as it were, to break ranks and seldom coming out with supposedly unrehearsed remarks ("Careful," she might say as she pins a medal on a young man, "I don't want to stab you through the heart"), remarks that could be taken home and cherished, along with the invitation card,

La vérité, bien sûr, c'est que ces prétendus moments de relâchement faisaient autant partie de la représentation que ceux durant lesquels la famille royale était figée dans la plus hiératique des attitudes. Cet aspect du spectacle – ou de ses coulisses – consistait à affecter une attitude « normale », mais était aussi contrôlé que les démonstrations les plus protocolaires, même si les gens qui en étaient les témoins pensaient avoir aperçu la reine et ses proches sous un jour plus naturel. Rigides ou informels, ces moments relevaient tous d'une représentation permanente que les officiers du palais participaient à construire et qui, à l'exception de ces prétendus instants de « relâchement », demeurait aux yeux du public virtuellement exempte de défauts.

Il fallut un certain temps pour que les officiers du palais remarquent que ces moments censés montrer la reine « telle qu'elle était vraiment » devenaient de moins en moins fréquents. Sa Majesté continuait certes de s'acquitter assidûment de ses devoirs, mais se limitait justement à ça, sans faire mine comme par le passé d'enfreindre de temps à autre les règles où la contraignait sa fonction. Elle ne se laissait plus aller à des remarques faussement improvisées (comme lorsqu'elle avait dit à un jeune homme, en lui épinglant sa médaille : « Ne bougez pas, je m'en voudrais de vous percer le cœur ») – remarques que le destinataire pouvait rapporter chez lui et ranger dans son lot de souvenirs touchants, à côté du carton d'invitation,

the special car-park pass and the map of the palace precincts.

These days she was formal, smiling and seemingly sincere but without frills and with none of the supposedly off-the-cuff asides with which she was wont to enliven the proceedings. "Poor show," thought the equerries and that is exactly what they meant, "a poor show" in which Her Majesty had turned in a dull performance. But they were not in a position to draw attention to this omission as they, too, colluded in the pretence that such moments were natural and unpremeditated, a genuine overflowing of Her Majesty's sense of fun.

It had been an investiture.

"Less spontaneous this morning, ma'am," one of the bolder equerries ventured to say.

"Was I?" said the Queen, who would once have been most put out at even this mildest of criticisms, though these days it scarcely impinged. "I think I know why it is. You see, Gerald, as they kneel one looks down on the tops of people's heads a good deal and from that perspective even the most unsympathetic personality seems touching: the beginnings of a bald patch, the hair growing over the collar. One's feelings are almost maternal."

du badge d'entrée réservé à son véhicule et du plan des différents secteurs du palais.

Ces derniers temps, la reine respectait bien sûr le protocole, souriante et apparemment sincère, mais ne se livrait plus à ces petits apartés passant pour spontanés dont elle était coutumière et qui mettaient un peu de vie dans un comportement par ailleurs strictement codifié. « Triste spectacle », se disaient les officiers – et ils l'entendaient littéralement : un « spectacle » que Sa Majesté avait fini par rendre ennuyeux. Mais ils étaient mal placés pour le souligner, ayant toujours affirmé que ces moments censément « naturels » étaient le fruit de l'improvisation et du sens de l'humour inné de Sa Majesté.

Alors que cela avait été une investiture.

« Vous étiez un peu moins spontanée ce matin, Madame, se risqua à lui dire un jour le plus hardi de ses officiers.

— Vraiment ? » dit la reine, que cette infime critique aurait jadis outrée, alors qu'elle l'effleurait à peine aujourd'hui. « Je crois en connaître la raison. Voyez-vous, Gerald, lorsque les gens s'agenouillent devant vous, vous disposez d'une vue imprenable sur le sommet de leur crâne : et sous cet angle, même les êtres les plus antipathiques finissent par avoir quelque chose de touchant, ne serait-ce qu'en raison d'une calvitie naissante ou d'une coupe de cheveux hasardeuse. On éprouve alors une sorte d'indulgence quasi maternelle à leur endroit. »

The equerry, with whom she'd never shared such confidences before and who ought to have been flattered, simply felt awkward and embarrassed. This was a truly human side to the monarch of which he'd never been previously aware and which (unlike its counterfeit versions) he did not altogether welcome. And whereas the Queen herself thought that such feelings probably arose out of her reading books, the young man felt it might be that she was beginning to show her age. Thus it was that the dawn of sensibility was mistaken for the onset of senility.

Immune to embarrassment herself, as she was to any that she might cause, the Queen would once not have noticed the young man's confusion. But observing it now she resolved in the future to share her thoughts less promiscuously, which was a pity in a way as it was what many in the nation longed for. Instead she determined to restrict her confidences to her notebooks, where they could do no harm.

The Queen had never been demonstrative; it was not in her upbringing; but more and more these days, particularly in the period following Princess Diana's death, she was being required to go public about feelings she would have preferred to keep to herself.

L'officier du palais, à qui elle n'avait jamais fait une confidence de cette nature et qui aurait dû se sentir flatté, éprouvait au contraire un malaise mêlé d'embarras. Il était pour le coup confronté à un aspect véritablement humain de la souveraine dont il n'avait jamais eu conscience jusqu'alors et qui – à l'inverse de ces versions contrefaites – ne lui plaisait qu'à moitié. La reine estimait sans doute que des sentiments de cet ordre découlaient de sa pratique de la lecture, mais le jeune homme les voyait plutôt comme un signe de son vieillissement. Ainsi ce qui marquait l'éveil d'une sensibilité passait pour le début de la sénilité.

Jadis, étant elle-même immunisée contre la gêne – et contre celle qu'elle pouvait susciter –, la reine n'aurait jamais prêté attention à la confusion du jeune homme. Mais elle la remarqua ce jour-là et décida de se montrer moins encline par la suite à partager ses pensées – ce qui était d'une certaine façon fort regrettable, puisque c'était justement ce que souhaitait une partie de ses sujets. Elle résolut à la place de garder ses réflexions pour ses carnets, où elles ne causeraient de tort à personne.

La reine n'avait jamais été d'un tempérament démonstratif : on ne l'avait pas éduquée dans ce sens. Mais ces derniers temps, en particulier dans la période qui avait suivi la mort de la princesse Diana, on lui avait de plus en plus souvent demandé de manifester en public des sentiments qu'elle aurait préféré garder pour elle.

At that time, though, she had not yet begun to read, and it was only now that she understood that her predicament was not unique and that she shared it, among others, with Cordelia. She wrote in her notebook: "Though I do not always understand Shakespeare, Cordelia's 'I cannot heave my heart into my mouth' is a sentiment I can readily endorse. Her predicament is mine."

Though the Queen was always discreet about writing in her notebooks her equerry was not reassured. He had once or twice caught her at it and thought that this, too, pointed to potential derangement. What had Her Majesty to note down? She never used to do it and like any change of behaviour in the elderly it was readily put down to decay.

"Probably Alzheimer's," said another of the young men. "You have to write things down for them, don't you?" and this, taken together with Her Majesty's growing indifference to appearances, made her attendants fear the worst.

That the Queen might be thought to be suffering from Alzheimer's disease was shocking in the obvious way,

À cette époque, toutefois, elle ne s'était pas encore mise à lire : elle découvrait ces derniers temps que sa situation n'avait rien d'unique et que d'autres l'avaient connue avant elle – notamment Cordelia. Elle nota dans son carnet : « Bien que je ne comprenne pas toujours Shakespeare, je partage aisément le sentiment qu'exprime Cordelia lorsqu'elle dit qu'il lui est impossible d'"avoir son cœur à la bouche". Elle est dans la même situation que moi. »

Bien que la reine fît toujours preuve d'une grande discrétion lorsqu'elle écrivait ainsi dans ses carnets, l'officier du palais n'en fut pas rassuré pour autant. Il l'avait aperçue à une ou deux reprises en train de se livrer à cette activité et s'était dit que cela risquait fort d'entraîner de nouveaux ennuis. Que pouvait bien écrire Sa Majesté ? Elle ne l'avait jamais fait jusqu'alors et, comme n'importe quel changement dans le comportement d'une personne âgée, cela fut aussitôt mis sur le compte d'un inexorable déclin.

« Elle doit avoir la maladie d'Alzheimer, avança un autre officier du palais. Ceux qui en sont atteints sont obligés de tout noter, n'est-ce pas ? » Ce dernier point, ajouté à l'indifférence croissante de Sa Majesté pour tout ce qui relevait des apparences, conduisait le personnel du palais à envisager le pire.

Aux yeux de Gerald et des autres officiers, le simple fait d'imaginer que la reine puisse être victime de la maladie d'Alzheimer avait quelque chose de choquant, non seulement sous l'angle

the "human" and compassionate way, but to Gerald and the other equerries it was more subtly deplorable. It seemed to him pitiable that Her Majesty, whose life had always been so sequestered, should now have to share this undignified depletion with so many of her subjects, her deterioration, he felt, deserving a royal enclosure where her behaviour (and that of monarchs generally) might be allowed a larger degree of latitude and even waywardness before it attracted the levelling denomination of Alzheimer and his all-too-common disease. It could have been a syllogism, if Gerald had known what a syllogism was: Alzheimer's is common, the Queen is not common, therefore the Queen has not got Alzheimer's.

Nor had she, of course, and in fact her faculties had never been sharper and unlike her equerry she would certainly have known what a syllogism was.

Besides, apart from writing in her notebooks and her now fairly customary lateness, what did this deterioration amount to? A brooch repeated, say, or a pair of court shoes worn on successive days: the truth was Her Majesty didn't care, or didn't care as much, and herself not caring, her attendants, being human, began to care less, too, cutting corners as the Queen would never previously have countenanced. The Queen had always dressed with great care.

évident de l'humanité et de la compassion, mais d'une manière plus insidieuse. Il lui semblait en effet regrettable que la reine, qui avait vécu toute sa vie à l'écart de ses semblables, puisse avoir ce mal indigne en commun avec un si grand nombre de ses sujets. Sa détérioration aurait mérité une exclusivité plus royale et son comportement une plus grande singularité : la dénomination d'Alzheimer, appliquée à elle, avait quelque chose d'un peu dégradant. Cela aurait pu constituer la matière d'un syllogisme, si Gerald avait su de quoi il s'agissait : la maladie d'Alzheimer est ordinaire, mais la reine n'est pas quelqu'un d'ordinaire, donc la reine ne peut pas avoir la maladie d'Alzheimer.

À ceci près qu'elle ne l'avait pas, cela va sans dire, ses capacités intellectuelles n'ayant même jamais été plus aiguisées. Et contrairement à l'officier du palais, elle savait très certainement ce qu'était un syllogisme.

D'ailleurs, en dehors de ses notations dans ses carnets et de ses retards désormais coutumiers, à quoi se résumait la prétendue détérioration de son état ? Une broche ou une paire de chaussures portée plusieurs jours de suite ? La vérité, c'est que Sa Majesté ne se souciait plus de ces choses – ou qu'elle s'en souciait moins ; du coup, phénomène bien humain, l'attitude de ses domestiques commença à se relâcher. Il leur arrivait maintenant d'afficher une désinvolture que la reine n'aurait jamais tolérée jadis. Elle s'était toujours habillée avec le plus grand soin.

She had an encyclopaedic knowledge of her wardrobe and her multiple accessories and was scrupulous in ringing the changes on her various outfits. No longer. An ordinary woman who wore the same frock twice in a fortnight would not be thought slipshod or negligent of appearances. But in the Queen, the permutations of whose wardrobe were worked out down to the last buckle, such repetitions signalled a dramatic falling away from her own self-imposed standards of decorum.

"Doesn't ma'am care?" said the maid boldly.

"Care about what?" said the Queen, which, while being an answer of sorts, did nothing to reassure the maid, convincing her that something was deeply amiss, so that like the equerries her personal attendants began to prepare for a lengthy decline.

Still, though he saw her every week, the occasional want of variation in the Queen's attire and the sameness of her earrings went unnoticed by the prime minister.

It had not always been so, and at the start of his term of office he had frequently complimented the Queen on what Her Majesty was wearing and her always discreet jewellery.

Elle avait une connaissance encyclopédique de sa garde-robe, ainsi que de ses innombrables accessoires – sujet sur lequel elle était autrefois intarissable. Tel n'était pourtant plus le cas. Jamais on n'accuserait une femme du commun qui porterait le même ensemble à deux semaines d'intervalle de négliger son apparence. Mais dans le cas de la reine, dont le renouvellement vestimentaire était réglé à la boucle de ceinture près, de telles répétitions témoignaient d'un renoncement dramatique aux critères de bienséance qu'elle s'était elle-même fixés.

« Madame ne s'en soucie donc pas ? s'enhardit à lui demander son habilleuse.

— Se soucie de quoi ? » s'enquit la reine, ce qui, bien qu'étant une réponse, ne rassura en rien l'habilleuse, la convainquant au contraire que le mal était décidément profond et que, comme les officiers du palais, son personnel domestique devait se préparer aux affres d'un long déclin.

Bien qu'il la vît une fois par semaine, le fait que la reine se montrait désormais plus négligente dans le renouvellement de ses tenues ou de ses boucles d'oreilles ne frappa pas de prime abord le Premier ministre.

Il n'avait pas toujours été aussi inattentif. Au tout début de son mandat, il complimentait même fréquemment la reine sur le choix des tailleurs ou des bijoux d'ailleurs discrets qu'elle portait.

He was younger then, of course, and thought of it as flirting, though it was also a form of nerves. She was younger, too, but she was not nervous and had been long enough at the game to know that this was just a phase that most prime ministers went through (the exceptions being Mr Heath and Mrs Thatcher) and that as the novelty of their weekly interviews diminished so, too, did the flirting.

It was another aspect of the myth of the Queen and her prime minister, the decline of the prime minister's attention to her personal appearance coinciding with his dwindling concern with what Her Majesty had to say, how the Queen looked and how the Queen thought, both of diminishing importance, so that, earrings or no earrings, making her occasional comments she felt not unlike an air hostess going through the safety procedures, the look on the prime minister's face that of benevolent and minimal attention from a passenger who has heard it all before.

The inattention, though, and the boredom were not all his, and as she had begun to read more, she resented the time these meetings took up and so thought

Il était certes plus jeune à l'époque et le faisait par pure galanterie, même si cela l'aidait à garder son sang-froid. La reine était plus jeune, elle aussi, mais la nervosité lui était étrangère et elle occupait depuis trop longtemps ses fonctions pour ne pas savoir qu'il s'agissait là d'une simple étape, par laquelle étaient passés la plupart de ses Premiers ministres (à la notable exception de Mr Heath et de Mme Thatcher) : dès que s'estompait la nouveauté de leurs entrevues hebdomadaires, la galanterie disparaissait elle aussi.

C'était un autre aspect du mythe relatif aux relations que la reine entretenait avec son Premier ministre : le manque croissant d'attention que celui-ci portait à l'apparence de la souveraine suivait la même courbe déclinante que son intérêt pour ce que Sa Majesté avait à dire, sa manière de s'habiller ou les pensées qui l'agitaient. En laissant de côté la question de ses boucles d'oreilles, la reine avait souvent l'impression, lorsqu'elle hasardait un commentaire, d'être comme ces hôtesses de l'air contraintes d'expliquer les consignes de sécurité avant le décollage : le visage du Premier ministre affichait alors la même bonhomie absente que celui d'un passager à qui on a déjà expliqué la manœuvre cent fois.

Il n'était d'ailleurs pas le seul à trouver ces rencontres ennuyeuses : depuis qu'elle s'était mise à lire de manière intensive, la reine déplorait le temps qu'elle devait leur consacrer. Elle eut donc l'idée de les rendre un peu plus

to enliven the process by relating them to her studies and what she was learning about history.

This was not a good idea. The prime minister did not wholly believe in the past or in any lessons that might be drawn from it. One evening he was addressing her on the subject of the Middle East when she ventured to say, "It is the cradle of civilisation, you know."

"And shall be again, ma'am," said the prime minister, "provided we are allowed to persist," and then bolted off down a side alley about the mileage of new sewage pipes that had been laid and the provision of electricity substations.

She interrupted again. "One hopes this isn't to the detriment of the archaeological remains. Do you know about Ur?"

He didn't. So as he was going she found him a couple of books that might help. The following week she asked him if he had read them (which he hadn't).

"They were most interesting, ma'am."

"Well, in that case we must find you some more. I find it fascinating."

This time Iran came up and she asked him if he knew of the history of Persia, or Iran (he had scarcely even connected the two), and gave him a book on that besides,

attrayantes en les reliant aux recherches qu'elle avait entreprises, en matière d'histoire.

Ce n'était pas une très bonne idée. Le Premier ministre ne vouait aucun culte au passé, ni aux leçons qu'on pouvait en tirer. Il lui parlait un soir des problèmes du Moyen-Orient lorsqu'elle se risqua à dire : « Cette région est le berceau de la civilisation, vous ne l'ignorez pas.

— Et elle le restera, Madame, rétorqua le Premier ministre. À condition que nous ayons les moyens d'y poursuivre notre action. » Il se lança ensuite dans une longue digression concernant l'étendue d'un nouveau réseau de pipelines et l'alimentation des centrales électriques.

Elle l'interrompit à nouveau. « Espérons que cela ne se fasse pas au détriment du patrimoine archéologique. Vous avez entendu parler du site d'Ur, je suppose ? »

Ce n'était apparemment pas le cas. Aussi, avant qu'il ne reparte, la reine lui passa deux ou trois livres qui devaient lui permettre de combler cette lacune. La semaine suivante, elle lui demanda s'il les avait lus (ce qu'il s'était bien gardé de faire).

« Ils étaient très instructifs, Madame.

— Dans ce cas, je vais vous en passer d'autres. Je trouve ce sujet fascinant. »

Ce jour-là, la conversation roulant sur l'Iran, elle lui demanda s'il connaissait l'histoire de la Perse (c'est-à-dire de l'Iran ancien, précisa-t-elle, car il n'avait pas l'air de faire le lien) et lui prêta un autre ouvrage relatif à cette question.

and generally began to take such an interest that after two or three sessions like this, Tuesday evenings, which he had hitherto looked forward to as a restful oasis in his week, now became fraught with apprehension. She even questioned him about the books as if they were homework. Finding he hadn't read them she smiled tolerantly.

"My experience of prime ministers, Prime Minister, is that, with Mr Macmillan the exception, they prefer to have their reading done for them."

"One is busy, ma'am," said the prime minister.

"One is busy," she agreed and reached for her book. "We will see you next week."

Eventually Sir Kevin got a call from the special adviser.

"Your employer has been giving my employer a hard time."

"Yes?"

"Yes. Lending him books to read. That's out of order."

"Her Majesty likes reading."

"I like having my dick sucked. I don't make the prime minister do it. Any thoughts, Kevin?"

De manière générale, elle se mit à manifester un tel engouement pour ces sessions du mardi soir que le Premier ministre, qui les avait jusqu'alors considérées comme une oasis de paix au milieu de sa lourde semaine, s'y rendait désormais avec une certaine appréhension. La reine l'interrogeait comme un écolier censé avoir appris sa leçon dans les livres qu'elle lui avait prêtés et souriait d'un air tolérant en constatant qu'il ne les avait pas lus.

« Mon expérience dans ce domaine, monsieur le Premier ministre, m'autorise à dire qu'à l'exception de Mr Macmillan, les Premiers ministres préfèrent généralement laisser ce genre de lectures à leurs conseillers.

— Le travail ne manque pas, Madame, répondit le Premier ministre.

— Le travail ne manque pas, concéda-t-elle en tendant la main vers le livre qu'elle lisait ce jour-là. Nous nous reverrons la semaine prochaine. »

Sir Kevin finit par recevoir un coup de fil du conseiller particulier.

« Mon patron m'informe que votre patronne commence à lui casser les pieds, attaqua celui-ci.

— Vraiment ?

— Oui, elle n'arrête pas de lui prêter des livres. C'est parfaitement déplacé.

— Sa Majesté adore la lecture.

— Personnellement, j'adore me faire sucer la bite. Mais je ne demande pas au Premier ministre de me rendre ce service. Vous avez une idée, Kevin ?

"I will speak to Her Majesty."

"You do that, Kev. And tell her to knock it off."

Sir Kevin did not speak to Her Majesty, still less tell her to knock it off. Instead, swallowing his pride, he went to see Sir Claude.

In the little garden of his delightful seventeenth-century grace-and-favour cottage at Hampton Court Sir Claude Pollington was reading. Actually, he was meant to be reading, but he was dozing over a box of confidential documents sent over from the library at Windsor, a privilege accorded to him as an ancient royal servant, now ninety at least but still ostensibly working on his memoirs, tentatively entitled "Drudgery Divine".

Sir Claude had entered royal service straight from Harrow at the age of eighteen as a page to George V, one of his first tasks, as he was fond of recalling, being to lick the hinges with which that testy and punctilious monarch used to stick the stamps into his many albums. "Were there a problem discovering my DNA," he had once confided to Sue Lawley, "one would only have to look behind the stamps in dozens of the royal albums,

— Je parlerai à Sa Majesté.

— Excellente initiative, Kevin. Et dites-lui de nous lâcher la grappe. »

Sir Kevin ne parla pas à Sa Majesté, encore moins pour lui demander de leur lâcher la grappe. Au lieu de ça, ravalant sa fierté, il alla trouver sir Claude.

Dans le petit jardin du délicieux cottage du XVIIe siècle qu'on lui avait alloué à Hampton Court, sir Claude Pollington lisait. Ou plus exactement, il somnolait devant la pile de documents confidentiels qu'il était censé lire et qu'il avait empruntés à la bibliothèque de Windsor – privilège dont il bénéficiait en tant que fidèle serviteur de la famille royale. Il avait à présent dépassé les quatre-vingt-dix ans mais prétendait toujours travailler à la rédaction de ses Mémoires, provisoirement intitulés « Un divin esclavage ».

Sir Claude était entré au service de la famille royale à l'âge de dix-huit ans, sitôt sorti de Harrow, en tant que page de George V. L'une de ses premières tâches, comme il aimait à le rappeler, consistait à lécher les gommettes des nombreux albums dans lesquels ce monarque irascible et méticuleux collait ses collections de timbres. « S'il fallait un jour avoir recours à mon ADN, avait-il confié à Sue Lawley, il suffirait d'examiner le dos des timbres qui sont rassemblés dans ces dizaines d'albums royaux.

particularly, I recall, the stamps of Tanna Touva, which His Majesty thought vulgar and even common but which he nevertheless felt obliged to collect. Which was typical of His Majesty... conscientious to a fault." He had then chosen a record of Master Ernest Lough singing "O for the Wings of a Dove".

In his little drawing room every surface sprouted framed photographs of the various royals whom Sir Claude had so loyally served. Here he was at Ascot, holding the King's binoculars; crouching in the heather as His Majesty drew a bead on a distant stag. This was him bringing up the rear as Queen Mary emerged from a Harrogate antique shop, the young Pollington's face hidden behind a parcel containing a Wedgwood vase, reluctantly bestowed on Her Majesty by the hapless dealer. Here he was, too, in a striped jersey, helping to crew the *Nahlin* on that fateful Mediterranean cruise, the lady in the yachting cap a Mrs Simpson – a photograph that tended to come and go, and which was never on view when, as often used to happen, Queen Elizabeth the Queen Mother dropped in for tea.

There was not much about the royal family to which Sir Claude had not been privy.

Notamment ceux de Tanna Touva, que Sa Majesté trouvait vulgaires, pour ne pas dire ordinaires, je m'en souviens fort bien, mais qu'il se sentait néanmoins tenu de recueillir, ce qui était tout à fait caractéristique de Sa Majesté… Consciencieux et scrupuleux à l'excès. » L'interview se terminait sur un morceau qu'il avait choisi lui-même : le jeune Ernest Lough chantant « O for the Wings of a Dove ».

Dans son petit salon, les murs étaient couverts de photographies encadrées représentant les divers membres de la famille royale dont sir Claude avait été le loyal serviteur. On le voyait à Ascot, portant les jumelles du roi ; puis accroupi dans la lande, tandis que Sa Majesté visait un cerf visible dans le lointain. Ici, fermant la marche tandis que la reine Mary sortait d'un magasin d'antiquités de la Harrogate : le visage du jeune Pollington était caché par le paquet qu'il portait et qui contenait un vase en porcelaine de Wedgwood, offert bien à contrecœur à Sa Majesté par l'infortuné marchand. C'était encore lui en maillot rayé, donnant un coup de main à l'équipage du *Nahlin* lors de cette fatale croisière en Méditerranée ; la dame avec la casquette de marin était une certaine Mrs Simpson. Cette photographie, régulièrement accrochée puis décrochée, n'était jamais là quand la reine Elizabeth – la reine mère – venait prendre le thé à l'improviste, ce qui était relativement fréquent.

Il n'y avait guère de membres de la famille royale dont sir Claude n'eût partagé l'intimité.

After his service with George V he had been briefly in the household of Edward VIII and moved smoothly on into the service of his brother, George VI. He had done duty in many of the offices of the household, finally serving as private secretary to the Queen. Even when he had long retired his advice was frequently called on; he was a living embodiment of that establishment commendation, "a safe pair of hands".

Now, though, his hands shook rather and he was not as careful as he used to be about personal hygiene, and even sitting with him in the fragrant garden Sir Kevin had to catch his breath.

"Should we go inside?" said Sir Claude. "There could be tea."

"No, no," said Sir Kevin hastily. "Here is better."

He explained the problem.

"Reading?" said Sir Claude. "No harm in that, surely? Her Majesty takes after her namesake, the first Elizabeth. She was an avid reader. Of course, there were fewer books then. And Queen Elizabeth the Queen Mother, she liked a book. Queen Mary didn't, of course. Or George V. He was a great stamp collector.

Après avoir été au service de George V, il avait brièvement été rattaché à la maison d'Edward VIII avant de se retrouver au service de son frère George VI. Il avait exercé ses fonctions dans la plupart des bureaux de la demeure royale, terminant sa carrière comme secrétaire particulier de la reine. Bien qu'il fût retiré des affaires depuis des lustres, on le consultait fréquemment. Il était en quelque sorte l'incarnation de l'employé modèle et l'expression « un bras sur lequel on peut s'appuyer » semblait avoir été forgée à son intention.

Ce bras était désormais un peu flageolant et son propriétaire ne veillait peut-être plus aussi scrupuleusement qu'avant à son hygiène corporelle : en s'asseyant face à lui, sir Kevin fut obligé de retenir sa respiration, malgré les senteurs du jardin.

« Voulez-vous que nous nous installions à l'intérieur ? proposa sir Claude. Je peux vous offrir du thé.

— Non, non, se hâta de dire sir Kevin. Nous sommes beaucoup mieux ici. »

Il lui expliqua son problème.

« Il n'y a sûrement aucun mal à lire, dit sir Claude. Sa Majesté suit en cela le chemin de son ancêtre, la première Elizabeth, qui était une fervente lectrice. Il est vrai que les livres étaient plus rares, à l'époque. La reine mère les appréciait, elle aussi, contrairement à la reine Mary ou à George V – qui était par contre un grand collectionneur de timbres.

That's how I started, you know. Licking his hinges."

Someone even older than Sir Claude brought out tea, which Sir Kevin prudently poured.

"Her Majesty is very fond of you, Sir Claude."

"As I am of her," said the old man. "I have been in thrall to Her Majesty since she was a girl. All my life."

And it had been a distinguished life, too, with a good war in which the young Pollington won several medals and commendations for bravery, serving finally on the general staff.

"I've served three queens," he was fond of saying, "and got on with them all. The only queen I could never get on with was Field Marshal Montgomery."

"She listens to you," said Sir Kevin, wondering if the sponge cake was reliable.

"I like to think so," said Sir Claude. "But what do I say? Reading. How curious. Tuck in."

Just in time Sir Kevin realised that what he had taken for frosting was in fact mould and he managed to palm the cake into his briefcase.

"Perhaps you could remind her of her duty?"

C'est ainsi que j'ai commencé ma carrière, vous savez : en léchant les gommettes de ses albums. »

Un domestique encore plus âgé que sir Claude leur apporta le plateau du thé. Sir Kevin estima plus prudent de faire lui-même le service.

« Sa Majesté vous aime beaucoup, sir Claude, reprit-il.

— Et c'est réciproque, répondit le vieil homme. J'ai été aux ordres de Sa Majesté depuis sa plus tendre enfance. Et durant toute mon existence. »

Laquelle avait été particulièrement distinguée – sans omettre la guerre au cours de laquelle le jeune Pollington avait récolté plusieurs médailles pour sa bravoure, avant d'être finalement rattaché au personnel du palais.

« J'ai servi trois reines, aimait-il dire, et je m'entendais fort bien avec elles. Je n'en dirais pas autant du maréchal Montgomery – qui était plutôt la reine des folles. »

« Elle vous écoute, reprit sir Kevin en se demandant s'il pouvait faire confiance à ce gâteau de Savoie.

— J'aime à le croire, dit sir Claude. Mais que pourrais-je lui dire ? La lecture… C'est étrange… Allez-y, servez-vous. »

Sir Kevin se rendit compte juste à temps que ce qu'il avait pris pour le glaçage du gâteau était en fait de la moisissure, et il réussit à glisser discrètement sa part dans son cartable en cuir.

« Peut-être pourriez-vous lui rappeler ses devoirs ? risqua-t-il.

"Her Majesty has never needed to be reminded of that. Too much duty if you ask me. Let me think..."

And the old man pondered while Sir Kevin waited.

It was some time before he realised that Sir Claude was asleep. He got up loudly.

"I will come," said Sir Claude. "It's a bit since I had an outing. You'll send a car?"

"Of course," said Sir Kevin, shaking hands. "Don't get up."

As he went Sir Claude called after him.

"You're the New Zealand one, aren't you?"

"I gather," said the equerry, "that it might be advisable if Your Majesty were to see Sir Claude in the garden."

"In the garden?"

"Out of doors, ma'am. In the fresh air."

The Queen looked at him. "Do you mean he smells?"

"Apparently he does rather, ma'am."

"Poor thing." She wondered sometimes where they thought she'd been all her life. "No. He must come up here."

Though when the equerry offered to open a window she did not demur.

— Sa Majesté n'a jamais eu besoin qu'on lui rappelle ce genre de chose. Même si ses devoirs sont beaucoup trop nombreux, à mon humble avis. Laissez-moi réfléchir. »

Le vieil homme resta un moment silencieux. Sir Kevin attendit.

Ce fut seulement au bout de quelques minutes qu'il comprit que sir Claude s'était endormi. Il se leva à grand bruit.

« J'irai la voir, dit sir Claude. Mais il y a longtemps que je ne suis pas sorti. Vous m'enverrez une voiture ?

— Évidemment, dit sir Kevin en lui serrant la main. Je vous en prie, ne vous levez pas. »

Tandis qu'il rebroussait chemin, sir Claude lança derrière lui :

« C'est bien vous qui venez de Nouvelle-Zélande ? »

« Je pensais, dit l'officier du palais, qu'il serait peut-être préférable que Votre Majesté reçoive sir Claude dans le jardin.

— Dans le jardin ?

— À l'extérieur, Madame. En plein air. »

La reine le dévisagea. « Vous voulez dire qu'il sent ?

— Je crains que ce ne soit le cas, Madame.

— Le pauvre… (La reine se demandait parfois où les gens s'imaginaient qu'elle avait passé sa vie.) Non, faites-le monter ici. »

Toutefois, lorsque l'officier proposa d'ouvrir l'une des fenêtres, elle ne s'y opposa pas.

"What does he want to see me about?"

"I've no idea, ma'am."

Sir Claude came in on his two sticks, bowing his head at the door and again when Her Majesty gave him her hand as she motioned him to sit down. Though her smile remained kindly and her manner unchanged, the equerry had not exaggerated.

"How are you, Sir Claude?"

"Very well, Your Majesty. And you, ma'am?"

"Very well."

The Queen waited, but too much the courtier to introduce a subject unprompted Sir Claude waited too.

"What was it you wanted to see me about?"

While Sir Claude tried to remember, the Queen had time to notice the thin reef of dandruff that had gathered beneath his coat collar, the egg stains on his tie and the drift of scurf that lay in his large pendulous ear. Whereas once upon a time such frailties would have been beneath her notice and gone unremarked now they obtruded on her gaze, ruffling her composure and even causing her distress. Poor man. And he had fought at Tobruk. She must write it down.

"Reading, ma'am."

"I beg your pardon."

"Your Majesty has started reading."

« Pourquoi souhaite-t-il me voir ?

— Je n'en ai pas la moindre idée, Madame. »

Sir Claude arriva, en appui sur ses deux cannes. Il inclina la tête en franchissant le seuil de la pièce et répéta son geste lorsque Sa Majesté tendit la main et l'aida à rejoindre son siège. Le sourire de la reine ne vacilla pas, même lorsqu'elle eut constaté que les propos de l'officier n'avaient rien d'exagéré.

« Comment allez-vous, sir Claude ?

— Très bien, Madame. Et vous-même ?

— Très bien. »

La reine attendit. Mais sir Claude était un courtisan trop aguerri pour engager lui-même la conversation et attendait, lui aussi.

« À quel sujet vouliez-vous me voir ? »

Pendant que sir Claude se creusait la cervelle pour retrouver le motif de sa visite, la reine eut tout le loisir d'observer la couche de pellicules qui s'était accumulée sur le col de son manteau, les taches de jaune d'œuf qui constellaient sa cravate et les replis douteux de ses vastes oreilles. Autrefois, de tels détails auraient à peine retenu son attention, mais ils lui sautaient aux yeux à présent, provoquant en elle un trouble qui tournait parfois au malaise. Le malheureux… Dire qu'il avait participé à la bataille de Tobrouk… Il fallait qu'elle pense à noter tout ça.

« C'est au sujet de ces lectures, Madame.

— Je vous demande pardon ?

— Votre Majesté s'est mise à lire.

"No, Sir Claude. One has always read. Only these days one is reading more."

Now, of course, she knew why he had come and who had put him up to it, and from being an object wholly of pity this witness to half her life now took his place among her persecutors; all compassion fled and she recovered her composure.

"I see no harm in reading in itself, ma'am."

"One is relieved to hear it."

"It's when it's carried to extremes. There's the mischief."

"Are you suggesting one rations one's reading?"

"Your Majesty has led such an exemplary life. That it should be reading that has taken Your Majesty's fancy is almost by the way. Had you invested any pursuit with similar fervour eyebrows must have been raised."

"They might. But then one has spent one's life not raising eyebrows. One feels sometimes that that is not much of a boast."

"Ma'am has always liked racing."

"True. Only one's rather gone off it at the moment."

"Oh," said Sir Claude. "That's a shame." Then, seeing a possible accommodation between racing

— C'est inexact, sir Claude. Je lis depuis toujours. Simplement, je le fais davantage ces derniers temps. »

Elle connaissait à présent la raison de sa visite et savait bien qui l'avait forcé à l'accomplir. La pitié qu'elle venait de ressentir retomba aussitôt et elle s'empressa de ranger ce témoin privilégié de sa vie dans la catégorie de ses persécuteurs. Une fois sa compassion évaporée, elle retrouva tout son sang-froid.

« Lire n'est pas un crime en soi, Madame.

— Je suis heureuse de vous l'entendre dire.

— Ce qui est dangereux, c'est de le faire de manière intensive.

— Me suggéreriez-vous de rationner mes lectures ?

— Votre Majesté a mené une vie exemplaire. Le fait que votre engouement se soit porté sur la lecture est presque secondaire. Si vous vous étiez passionnée pour un autre sujet avec une ferveur identique, certains auraient peut-être haussé les sourcils.

— C'est bien possible. Mais après avoir passé sa vie à ne pas hausser les sourcils, on peut avoir le sentiment que le jeu n'en valait pas la chandelle.

— Madame a toujours aimé les courses de chevaux.

— C'est vrai. Mais mon intérêt s'est un peu émoussé, ces derniers temps.

— Oh, quel dommage, dit sir Claude. (Voyant un accommodement possible entre les courses

and reading, "Her Majesty the Queen Mother used to be a big fan of Dick Francis."

"Yes," said the Queen. "I've read one or two, though they only take one so far. Swift, I discover, is very good about horses."

Sir Claude nodded gravely, not having read Swift and reflecting that he seemed to be getting nowhere.

They sat for a moment in silence, but it was long enough for Sir Claude to fall asleep. This had seldom happened to the Queen and when it had (a government minister nodding off alongside her at some ceremony, for instance) her reaction had been brisk and unsympathetic. She was often tempted to fall asleep, as with her job who wouldn't be, but now, rather than wake the old man she just waited, listening to his laboured breathing and wondering how long it would be before infirmity overtook her and she became similarly incapable. Sir Claude had come with a message, she understood that and resented it, but perhaps he was a message in his own person, a portent of the unpalatable future.

et la lecture, il ajouta :) Sa Majesté la reine mère était une grande admiratrice de Dick Francis.

— Oui, dit la reine. J'ai lu un ou deux de ses livres, mais ils ne m'ont pas laissé un souvenir impérissable. J'ai découvert en revanche que Swift parlait fort bien des chevaux. »

Sir Claude acquiesça avec gravité, n'ayant pas lu Swift et se disant que cette conversation ne les menait nulle part.

Ils restèrent assis un moment en silence, suffisamment en tout cas pour permettre à sir Claude de s'endormir. La reine avait rarement été confrontée à ce phénomène et, lorsque cela s'était produit (un membre du gouvernement qui dodelinait de la tête, par exemple, lors d'une cérémonie officielle), elle avait toujours réagi avec vigueur, sans la moindre indulgence. Elle était elle-même souvent tentée de somnoler – qui ne l'aurait été, à sa place – mais pour l'instant, plutôt que de réveiller le vieil homme, elle jugea préférable d'attendre. En l'écoutant respirer avec difficulté, elle s'interrogeait sur le temps dont elle disposait encore avant que le grand âge ne l'atteigne à son tour, avec son cortège d'impotences et de douleurs. Sir Claude était venu l'avertir de quelque chose, elle l'avait bien compris et cela la froissait un peu, mais peut-être ce message s'incarnait-il dans la personne même du vieux serviteur, présageant l'avenir peu enviable qui l'attendait elle aussi.

She picked up her notebook from the desk and dropped it on the floor. Sir Claude woke up nodding and smiling as if appreciating something the Queen had just said.

"How are your memoirs?" said the Queen. Sir Claude's memoirs had been on the go for so long they had become a joke in the household. "How far have you got?"

"Oh, they're not consecutive, ma'am. One does a little every day."

He didn't, of course, and it was really only to forestall yet another probing royal question that he now said what he did. "Has Your Majesty ever considered writing?"

"No," said the Queen, though this was a lie. "Where would one find the time?"

"Ma'am has found time for reading."

This was a rebuke and the Queen did not take kindly to rebukes, but for the moment she overlooked it.

"What should one write?"

"Your Majesty has had an interesting life."

"Yes," said the Queen. "One has."

The truth was Sir Claude had no notion of what the Queen should write or whether she should write at all, and he had only suggested writing in order to get her off reading and because in his experience writing seldom got done.

Elle prit le carnet qui se trouvait sur son bureau et le laissa tomber par terre. Sir Claude se réveilla aussitôt, opinant du bonnet et souriant comme s'il appréciait une repartie que la reine aurait faite.

« Où en sont vos Mémoires ? » demanda-t-elle. Sir Claude avait entamé depuis si longtemps leur rédaction que c'était devenu un sujet de plaisanterie récurrent au palais. « À quelle année en êtes-vous arrivé ? ajouta-t-elle.

— Oh, l'ouvrage ne suit pas la chronologie, Madame. J'y travaille un peu chaque jour. »

C'était évidemment un mensonge et ce fut seulement pour éviter une autre question de la reine à ce sujet que sir Claude ajouta : « Votre Majesté n'a-t-elle jamais eu envie d'écrire ?

— Non, dit la reine (ce qui était également un mensonge). Où aurais-je trouvé le temps ?

— Madame a bien trouvé le temps de lire. »

Cette remarque frisait le reproche, à quoi la reine était généralement fort sensible, mais elle décida cette fois-ci de l'ignorer.

« Sur quoi pourrais-je donc écrire ? dit-elle.

— Votre Majesté a mené une existence digne d'intérêt.

— Oui, dit la reine. C'est exact. »

La vérité, c'est que sir Claude n'avait pas la moindre idée de ce que la reine aurait pu écrire, ni même s'il aurait été pertinent qu'elle le fasse. Il avait uniquement évoqué cette possibilité comme alternative à la lecture et parce que son expérience en la matière ne l'avait pas entraîné bien loin.

It was a cul-de-sac. He had been writing his memoirs for twenty years and hadn't even written fifty pages.

"Yes," he said firmly. "Ma'am must write. But can I give Your Majesty a tip? Don't start at the beginning. That's the mistake I made. Start off in the middle. Chronology is a great deterrent."

"Was there anything else, Sir Claude?"

The Queen gave her wide smile. The interview was over. How the Queen conveyed this information had always been a mystery to Sir Claude, but it was as plain as if a bell had rung. He struggled to his feet as the equerry opened the door, bowed his head, then when he reached the door turned and bowed his head again, then slowly stumped down the corridor on his two sticks, one of them a present from the Queen Mother.

Back in the room the Queen opened the window wider and let the breeze blow in from the garden. The equerry returned, and raising her eyebrows the Queen indicated the chair on which Sir Claude had been sitting, now with a damp patch staining the satin. Silently the young man bore the chair away, while the Queen gathered up her book and her cardigan preparatory to going into the garden.

Elle l'avait même conduit dans une impasse. Cela faisait vingt ans qu'il avait commencé ses Mémoires et il n'en avait pas rédigé plus d'une cinquantaine de pages.

« Oui, dit-il avec assurance. Votre Majesté devrait se mettre à écrire. Mais puis-je me permettre de vous donner un conseil ? Ne commencez pas par le début. C'est l'erreur que j'ai faite. Commencez par le milieu. La chronologie est une entrave.

— Vous aviez autre chose à me dire, sir Claude ? »

La reine se fendit d'un grand sourire : l'entrevue était terminée. Sir Claude n'avait jamais compris comment elle s'y prenait pour faire passer le message, mais c'était chaque fois aussi évident que si une sonnerie avait retenti. Il se releva tant bien que mal tandis que l'officier ouvrait la porte, fit une première révérence, puis une autre lorsqu'il eut atteint le seuil, avant de s'éloigner dans le couloir en appui sur ses cannes – dont l'une était un cadeau de la reine mère.

De retour dans la pièce, la reine ouvrit plus largement la fenêtre et laissa entrer la brise en provenance du jardin. L'officier du palais réapparut. Haussant un sourcil, la reine lui indiqua le fauteuil sur lequel sir Claude s'était assis et dont le satin présentait une tache d'une humidité douteuse. Le jeune homme transporta en silence le fauteuil hors de la pièce tandis que la reine s'apprêtait à se rendre au jardin, après avoir pris son livre et son cardigan.

By the time the equerry returned with another chair she had stepped out onto the terrace. He put it down and with the skill of long practice quickly set the room to rights, spotting as he did so the Queen's notebook lying on the floor. He picked it up and before replacing it on the desk stood for a moment wondering in the Queen's absence if he might take a peep at the contents. Except at that moment Her Majesty reappeared in the doorway.

"Thank you, Gerald," she said and held out her hand.

He gave her the book and she went out.

"Shit," said Gerald. "Shit. Shit. Shit."

This note of self-reproach was not inappropriate as within days Gerald was no longer in attendance on Her Majesty and indeed no longer in the household at all, but back with his scarcely remembered regiment yomping in the rain over the moors of Northumberland. The speed and ruthlessness of his almost Tudor dispatch sent, as Sir Kevin would have put it, the right message and at least put paid to any further rumours of senile decay. Her Majesty was herself again.

Nothing Sir Claude had said carried any weight, but still she found herself thinking about it that evening at the Royal Albert Hall,

Lorsque l'officier réapparut, muni d'un autre fauteuil, elle était sur la terrasse. Il déposa le siège avant de parcourir la pièce d'un œil expert pour s'assurer que tout était en ordre et aperçut alors le carnet de la reine, qui gisait sur le parquet. Il le ramassa et s'apprêtait à le reposer sur le bureau, mais se demanda brusquement s'il ne pouvait pas profiter de l'absence de Sa Majesté pour y jeter un coup d'œil et voir ce qu'il contenait. Sauf qu'à cet instant précis, la reine réapparut dans l'encadrement de la porte-fenêtre.

« Merci, Gerald », dit-elle en tendant la main.

Il lui donna le carnet et elle ressortit aussitôt.

« Merde, merde et merde », lâcha Gerald.

Cette réflexion qui comportait une part d'autocritique ne se révéla pas infondée car quelques jours plus tard Gerald fut relevé de ses fonctions auprès de la reine – et du palais royal en général – et renvoyé dans son régiment d'origine, dont il avait fini par oublier l'existence, retrouvant du même coup les joies des longues marches sous la pluie, dans les landes du Northumberland. La rapidité et la rudesse de sa disgrâce, digne des Tudor ou presque, firent fort bien passer le message (comme aurait dit sir Kevin) et coupèrent court aux rumeurs concernant le déclin et la sénilité de la reine. Sa Majesté avait bien toute sa tête.

Rien de ce que sir Claude lui avait dit ne pesait d'un bien grand poids, mais la reine se surprit à y repenser le soir même, au Royal Albert Hall,

where there was a special promenade concert in her honour. In the past music had never been much of a solace and had always been tinged with obligation, the repertoire familiar largely from concerts like this she had had to attend. Tonight, though, the music seemed more relevant.

This was a voice, she thought, as a boy played the clarinet: Mozart, a voice everybody in the hall knew and recognised though Mozart had been dead two hundred years. And she remembered Helen Schlegel in *Howards End* putting pictures to Beethoven at the concert in the Queen's Hall that Forster describes, Beethoven's another voice that everyone knew.

The boy finished, the audience applauded and, clapping too, she leaned over towards another of the party as if sharing her appreciation. But what she wanted to say was that, old as she was, renowned as she was, no one knew her voice. And in the car taking them back she suddenly said: "I have no voice."

"Not surprised," said the duke. "Too damned hot. Throat, is it?"

It was a sultry night and unusually for her she woke in the early hours unable to sleep.

où une réception musicale était organisée en son honneur. La musique ne lui avait jamais été d'un grand secours, associée depuis toujours dans son esprit à des concerts de ce genre, auxquels elle était obligée d'assister et dont le répertoire était plus ou moins immuable. Ce soir-là, néanmoins, la musique lui parut plus appropriée qu'à l'ordinaire.

Tandis qu'un jeune homme jouait un air de clarinette, elle se disait que tout le monde dans la salle reconnaissait une voix, la voix de Mozart – même si celui-ci était mort depuis plus de deux siècles. Elle se souvenait du personnage de Helen Schlegel, dans *Howards End,* qui met des images sur la musique de Beethoven lors du concert à Queen's Hall que décrit Forster : la voix de Beethoven elle aussi était connue de tous.

Lorsque le jeune homme acheva son morceau, le public applaudit et elle fit de même, tout en se tournant vers un autre membre de l'assistance pour lui faire part de son appréciation. Mais l'idée qui lui trottait dans la tête, c'était qu'en dépit de son grand âge et de sa renommée, personne au monde ne connaissait sa voix. Dans la voiture qui les ramenait au palais, elle déclara soudain : « Je n'ai pas de voix.

— Ça ne m'étonne pas, dit le duc. Avec une chaleur pareille… C'est la gorge, n'est-ce pas ? »

L'atmosphère était étouffante et contrairement à son habitude elle se réveilla en pleine nuit, incapable de se rendormir.

The policeman in the garden, seeing the light go on, turned on his mobile as a precaution.

She had been reading about the Brontës and what a hard time they had had of it when they were children, but she didn't feel that would send her off to sleep again and, looking for something else, saw in the corner of the bookshelf the book by Ivy Compton-Burnett which she had borrowed from the travelling library and which Mr Hutchings had given her all that time ago. It had been hard going and had nearly sent her to sleep then, she remembered, so perhaps it would do the trick again.

Far from it, and the novel she had once found slow now seemed refreshingly brisk, dry still but astringently so, with Dame Ivy's no-nonsense tone reassuringly close to her own. And it occurred to her (as next day she wrote down) that reading was, among other things, a muscle and one that she had seemingly developed. She could read the novel with ease and great pleasure, laughing at remarks (they were hardly jokes) that she had not even noticed before. And through it all she could hear the voice of Ivy Compton-Burnett, unsentimental, severe and wise. She could hear her voice as clearly as earlier in the evening she had heard the voice of Mozart. She closed the book. And once again she said out loud: "I have no voice."

Voyant la lumière s'allumer, le policier qui montait la garde dans le jardin alluma son portable, à titre préventif.

Elle lisait ces temps-ci l'histoire des Brontë et des jours difficiles qu'ils avaient vécus dans leur enfance, mais se dit que ce n'était pas ça qui l'aiderait à retrouver le sommeil. Cherchant une autre lecture, elle aperçut au bord d'une étagère le livre d'Ivy Compton-Burnett qu'elle avait emprunté au bibliobus et que Mr Hutchings lui avait offert, voici une éternité. Elle l'avait trouvé plutôt soporifique à l'époque : peut-être en irait-il de même aujourd'hui.

À sa grande surprise, ce roman qui était jadis d'une lenteur accablante lui parut plutôt enlevé, et d'une causticité revigorante. Quant au ton posé de dame Ivy, il était étrangement proche du sien. Elle comprit alors (comme elle le nota le lendemain) que, parmi d'autres attraits, la lecture fonctionnait au fond comme un muscle qu'elle avait fini par exercer. Elle pouvait à présent lire ce roman sans difficulté et avec un grand plaisir, riant à certaines remarques qui n'étaient pas vraiment des plaisanteries et auxquelles elle n'aurait même pas fait attention autrefois. Et à travers l'ouvrage, elle percevait la voix d'Ivy Compton-Burnett, sévère et avisée, dénuée de tout sentimentalisme : elle l'entendait aussi nettement que la voix de Mozart un peu plus tôt dans la soirée. Elle referma le livre et s'exclama une fois encore : « Je n'ai pas de voix. »

And somewhere in West London where these things are recorded a transcribing and expressionless typist thought it was an odd remark and said as if in reply: "Well, if you don't, dear, I don't know who does."

Back in Buckingham Palace the Queen waited a moment or two, then switched off the light, and under the catalpa tree in the grounds the policeman saw the light go out and turned off his mobile.

In the darkness it came to the Queen that, dead, she would exist only in the memories of people. She who had never been subject to anyone would now be on a par with everybody else. Reading could not change that – though writing might.

Had she been asked if reading had enriched her life she would have had to say yes, undoubtedly, though adding with equal certainty that it had at the same time drained her life of all purpose. Once she had been a self-assured single-minded woman knowing where her duty lay and intent on doing it for as long as she was able. Now all too often she was in two minds. Reading was not doing, that had always been the trouble. And old though she was she was still a doer.

She switched the light on again and reached for her notebook and wrote: "You don't put

Quelque part dans l'ouest de Londres, où ses propos étaient enregistrés, le dactylo impavide qui les transcrivait songea que c'était une étrange remarque et rétorqua comme en écho : « Si vous dites la vérité, ma chère, je me demande qui pourrait en avoir une. »

À Buckingham Palace, toutefois, la reine attendit encore quelques instants, puis éteignit sa lampe de chevet. Dehors, sous le catalpa, le policier vit la lumière s'éteindre et débrancha son portable.

Dans l'obscurité, la reine songea brusquement que, une fois morte, elle n'existerait plus qu'à travers les souvenirs des gens. Elle qui n'avait jamais dépendu de personne allait connaître le même sort que n'importe qui. La lecture ne changerait rien à cet état de fait, mais l'écriture le pouvait.

Si on lui avait demandé : « Les livres ont-ils enrichi votre vie ? », elle se serait sentie obligée de répondre : « Oui, sans l'ombre d'un doute » – tout en ajoutant avec la même conviction qu'ils l'avaient également vidée de tout sens. Avant de se lancer dans ces lectures, elle était une femme droite et sûre d'elle, sachant où résidait son devoir et bien décidée à l'accomplir, dans la mesure de ses moyens. Maintenant, elle se sentait trop souvent partagée. Lire n'était pas agir, c'était depuis toujours le problème. Et malgré son grand âge, elle restait une femme d'action.

Elle ralluma sa lampe de chevet, saisit son carnet et nota rapidement : « On n'écrit pas

your life into your books. You find it there."

Then she went to sleep.

In the weeks that followed it was noticeable that the Queen was reading less, if at all. She was pensive and abstracted even, but not because her mind was on what she was reading. She no longer carried a book with her wherever she went and the piles of volumes that had accumulated on her desk were shelved, sent back to the libraries or otherwise dispersed.

But, reading or not, she still spent long hours at her desk, sometimes looking at her notebooks and occasionally writing in them, though she knew, without quite spelling it out to herself, that her writing would be even less popular than her reading, and did anyone knock at the door she immediately swept them into her desk drawer before saying, "Come in."

She found, though, that when she had written something down, even if it was just an entry in her notebook, she was happy as once she would have been happy after doing some reading. And it came to her again that she did not want simply to be a reader. A reader was next door to being a spectator whereas

pour rapporter sa vie dans ses livres, mais pour la découvrir. »

Puis elle se rendormit.

Au cours des semaines qui suivirent, il apparut clairement que la reine lisait moins, pour ne pas dire plus du tout. Elle était souvent pensive et même un peu distraite, mais ce n'était pas parce qu'elle était absorbée par sa lecture. Elle n'emportait plus systématiquement un livre avec elle lors de ses divers déplacements et les volumes qui s'étaient empilés sur son bureau regagnèrent leurs étagères ou celles des bibliothèques d'où ils provenaient.

Lecture ou pas, elle n'en passait pas moins de longues heures à son bureau, feuilletant ses carnets et y ajoutant parfois un nouveau commentaire. Elle savait pourtant – sans se l'avouer tout à fait – que cette pratique d'écriture risquait d'être encore plus mal perçue par son entourage que ses lectures passées. Et lorsque quelqu'un frappait à la porte, elle se hâtait de glisser son carnet dans le tiroir du bureau avant de lui dire d'entrer.

Elle constata néanmoins que chaque fois qu'elle inscrivait quelque chose dans son carnet, ne serait-ce qu'une simple apostille, elle éprouvait autant de bonheur qu'autrefois après plusieurs heures de lecture. Et elle comprit une fois de plus que son rêve n'avait jamais été d'être une simple lectrice. Un lecteur n'est au fond qu'un spectateur,

when she was writing she was doing, and doing was her duty.

Meanwhile she was often in the library, particularly at Windsor, looking through her old desk diaries, the albums of her innumerable visits, her archive in fact.

"Is there anything specific that Your Majesty is looking for?" said the librarian after he had brought her yet another pile of material.

"No," said the Queen. "One is just trying to remember what it was like. Though what 'it' is one isn't sure either."

"Well, if Your Majesty does remember, then I hope you will tell me. Or better still, ma'am, write it down. Your Majesty is a living archive."

Though she felt he could have expressed this more tactfully, she knew what he meant and reflected, too, that here was someone else who was urging her to write. It was almost becoming a duty, and she had always been very good at duty, until, that is, she started to read. Still, to be urged to write and to be urged to publish are two different things and nobody so far was urging her to do the latter.

alors qu'en écrivant elle agissait : et l'action était depuis toujours son domaine, autant que son devoir.

Par ailleurs, elle se rendait souvent dans ses diverses bibliothèques, notamment celle de Windsor, et compulsait les registres qui la concernaient, les albums relatant les innombrables visites qu'elle avait effectuées – tout ce qui constituait ses archives.

« Votre Majesté cherche-t-elle quelque chose en particulier ? lui demanda un jour le bibliothécaire après avoir déposé devant elle une nouvelle pile de documents.

— Non, dit la reine. Je cherche simplement à me souvenir de quoi tout cela pouvait bien avoir l'air. Sans trop savoir d'ailleurs ce que cache ce "cela".

— Ma foi, si la mémoire revient à Votre Majesté, j'espère que vous me le direz. Ou mieux encore, Madame, que vous l'écrirez. Votre Majesté est à elle seule un fonds d'archives vivant. »

Même si elle aurait préféré qu'il formule sa pensée de manière plus élégante, elle comprenait ce qu'il voulait dire et songea qu'il l'encourageait lui aussi à écrire. C'était en train de devenir une sorte de devoir : et elle avait toujours su répondre à ce genre d'appel – du moins jusqu'à ce qu'elle se mette à lire. Il y avait toutefois une marge entre le fait d'être poussée à écrire et la volonté de publier ce qu'on écrivait : et elle sentait que personne jusqu'à présent ne la poussait vraiment à s'engager dans cette seconde voie.

Seeing the books disappear from her desk and having once more something approaching Her Majesty's whole attention were welcome to Sir Kevin and indeed to the household in general. Timekeeping did not improve, it's true, and the Queen's wardrobe still tended to be a little wayward ("I'd outlaw that cardigan," said her maid). But Sir Kevin shared in the general impression that for all these persistent shortcomings Her Majesty had seen off her infatuation with books and had returned to normal.

She stayed that autumn for a few days at Sandringham, as she was scheduled to make a royal visit to the city of Norwich. There was a service in the cathedral, a walkabout in the pedestrian precinct and before she had luncheon at the university she opened a new fire station.

Seated between the vice-chancellor and the professor of creative writing she was mildly surprised when over her shoulder came a bony wrist and red hand that were very familiar, proffering a prawn cocktail.

"Hello, Norman," she said.

"Your Majesty," said Norman correctly, and smoothly presented the lord lieutenant with his prawn cocktail, before going on down the table.

"Your Majesty knows Seakins then, ma'am?" said the professor of creative writing.

Comme l'ensemble du palais royal, sir Kevin constata avec satisfaction que les livres avaient disparu du bureau de la reine et qu'elle l'écoutait à nouveau d'une oreille que l'on pouvait presque qualifier d'attentive. Elle était toujours régulièrement en retard, il est vrai, et s'habillait d'une manière un peu fantasque (« Je proscrirais ce cardigan si j'étais elle », disait sa femme de chambre). Mais sir Kevin partageait le sentiment général : en dépit de ces travers persistants, Sa Majesté avait renoncé à son engouement pour les livres et adoptait à nouveau un comportement plus normal.

À l'automne suivant, elle passa quelques jours à Sandringham, avant d'effectuer à Norwich une visite royale qui comportait un office à la cathédrale, une promenade dans le quartier piéton et l'inauguration d'une nouvelle caserne de pompiers, avant le déjeuner donné en son honneur à l'université.

Assise entre le recteur et le professeur en charge des ateliers d'écriture, elle vit avec surprise, au début du repas, se profiler par-dessus son épaule une main osseuse et couverte de taches de rousseur bien connue qui lui tendait le cocktail de crevettes.

« Bonjour, Norman, dit-elle.

— Votre Majesté », répondit Norman en se conformant à l'usage, avant de présenter son cocktail de crevettes au lord-lieutenant et de poursuivre son chemin le long de la table.

« Votre Majesté connaît donc Seakins ? s'enquit le professeur en charge des ateliers d'écriture.

"One did," said the Queen, saddened a little that Norman seemed to have made no progress in the world at all and was seemingly back in a kitchen, even if it was not hers.

"We thought," said the vice-chancellor, "that it would be rather a treat for the students if they were to serve the meal. They will be paid, of course, and it's all experience."

"Seakins," said the professor, "is very promising. He has just graduated and is one of our success stories."

The Queen was a little put out that, despite her bright smile, serving the bœuf en croûte Norman seemed determined not to catch her eye, and the same went for the poire Belle-Hélène. And it came to her that for some reason Norman was sulking, behaviour she had seldom come across except in children and the occasional cabinet minister. Subjects seldom sulked to the Queen as they were not entitled to, and once upon a time it would have taken them to the Tower.

A few years ago she would never have noticed what Norman was doing or anybody else either, and if she took note of it

— En effet, dit la reine, un peu peinée de voir que Norman n'avait apparemment fait aucun progrès dans le monde et se retrouvait de nouveau affecté aux cuisines, même s'il ne s'agissait plus des siennes.

— Il nous a semblé, intervint le recteur, que les étudiants seraient ravis de servir le repas. Ce travail leur sera rétribué, cela va sans dire, sans compter l'expérience qu'ils en retireront.

— Nous attendons beaucoup de Seakins, ajouta le professeur. Il vient d'obtenir son diplôme et c'est l'un de nos plus brillants éléments. »

La reine constata avec un certain dépit que, malgré les sourires qu'elle lui adressait pendant qu'il servait le *bœuf en croûte**, Norman refusait obstinément de croiser son regard. Le même phénomène se produisit lorsque arriva le tour de la *poire Belle-Hélène**. Elle finit par comprendre que, pour une raison qui lui échappait, Norman lui faisait la tête – attitude à laquelle elle n'était que rarement confrontée, excepté de la part des enfants et, plus sporadiquement, d'un membre du gouvernement. Ses sujets n'avaient guère l'habitude de bouder devant elle et n'étaient d'ailleurs pas autorisés à le faire : jadis, cela aurait même constitué un motif suffisant pour les envoyer visiter l'un des cachots de la Tour de Londres.

Quelques années plus tôt, elle n'aurait même pas fait attention au comportement de Norman, ou de n'importe qui d'autre. Elle s'y attardait

now it was because she knew more of people's feelings than she used to and could put herself in someone else's place. Though it still didn't explain why he was so put out.

"Books are wonderful, aren't they?" she said to the vice-chancellor, who concurred.

"At the risk of sounding like a piece of steak," she said, "they tenderise one."

He concurred again, though with no notion of what she was on about.

"I wonder," she turned to her other neighbour, "whether as professor of creative writing you would agree that if reading softens one up, writing does the reverse. To write you have to be tough, do you not?" Surprised to find himself discussing his own subject, the professor was momentarily at a loss. The Queen waited. "Tell me," she wanted to say, "tell me I am right." But the lord lieutenant was rising to wait upon her and the room shuffled to its feet. No one was going to tell her, she thought. Writing, like reading, was something she was going to have to do on her own.

Though not quite, and afterwards Norman is sent for, and the Queen, her lateness now proverbial but catered for in the schedule, spends half an hour

aujourd'hui parce qu'elle en savait plus long sur les sentiments des autres et qu'elle était en mesure de se mettre à leur place. Mais cela n'expliquait pas pourquoi Norman lui en voulait.

« Les livres sont une merveilleuse invention, vous ne trouvez pas ? dit-elle au recteur, qui opina de la tête.

« Au risque de passer pour une midinette, je dirais qu'ils ont tendance à développer la sensibilité des gens. »

Le recteur acquiesça à nouveau, tout en se demandant où elle voulait en venir.

« Puisque vous êtes en charge des ateliers d'écriture, dit-elle en se tournant vers son autre voisin, je me demande si vous partagez l'opinion selon laquelle la lecture attendrit ceux qui la pratiquent, alors que l'écriture produit l'effet inverse. Il faut s'endurcir pour écrire, vous ne croyez pas ? » Surpris de se voir entraîné dans une conversation qui concernait son domaine, le professeur ne savait plus trop sur quel pied danser. La reine attendait. « Dites-moi que j'ai raison », aurait-elle voulu ajouter. Mais le lord-lieutenant se leva à cet instant pour porter un toast en son honneur et tous les convives l'imitèrent. Personne n'allait lui répondre, songea-t-elle. L'écriture, comme la lecture, était un art qu'elle allait devoir apprendre seule.

Pas tout à fait, cependant. Norman fut convoqué à la fin du repas et la reine, dont le retard était désormais proverbial (ce dont le programme tenait compte), passa une demi-heure en sa compagnie.

being updated on his university career, including the circumstances that brought him to East Anglia in the first place. It is arranged that he will come to Sandringham the following day, where the Queen feels that now he has begun to write he may be in a position to assist her once again.

Between one day and the next, though, she sacked somebody else, and Sir Kevin came into his office in the morning to find his desk cleared. Though Norman's stint at the university had been advantageous Her Majesty did not like being deceived, and though the real culprit was the prime minister's special adviser Sir Kevin carried the can. Once it would have brought him to the block; these days it brought him a ticket back to New Zealand and an appointment as high commissioner. It was the block but it took longer.

Slightly to her own surprise that year the Queen turned eighty. It was not a birthday that went unmarked and various celebrations were organised, some more to Her Majesty's liking than others, with her advisers tending to regard the birthday

Il lui exposa les détails de son récent cursus universitaire, ainsi que les circonstances qui l'avaient conduit à East Anglia. Il fut convenu qu'il se rendrait à Sandringham le lendemain : maintenant qu'il s'était mis à écrire, la reine se disait qu'il pourrait peut-être la seconder cette fois encore, comme il l'avait fait autrefois.

Sans attendre cette échéance, elle congédia néanmoins un autre de ses collaborateurs. Lorsque sir Kevin se présenta à son bureau le lendemain matin, ses affaires avaient déjà été évacuées. Norman avait beau avoir tiré profit de son exil à l'université, Sa Majesté n'aimait guère que l'on fasse des choses dans son dos. Et même si le vrai coupable était le conseiller particulier du Premier ministre, ce fut sir Kevin qui porta le chapeau. À une autre époque, on l'aurait expédié au cachot. De nos jours, cela lui valut un aller simple pour la Nouvelle-Zélande, accompagné d'un poste de haut-commissaire. Il est vrai que cela ne différait pas profondément du cachot : la relégation était simplement plus lointaine.

La reine fêta ses quatre-vingts ans cette année-là, événement qu'elle accueillit elle-même avec un certain étonnement. Le fait ne passa pas inaperçu et diverses célébrations furent organisées en cet honneur : certaines étaient plus du goût de la reine que d'autres, tandis que ses conseillers tendaient à considérer cet anniversaire

as just another opportunity to ingratiate the monarchy with the always fickle public.

It was not surprising, then, that the Queen decided to throw a party of her own and to assemble all those who had had the privilege of advising her over the years. This was in effect a party for the Privy Council, appointment to which is for life, thus making it a large and unwieldy body that in its entirety meets seldom and then only on occasions of some gravity. But there was nothing, thought the Queen, that would preclude her having them all to tea, and a serious tea at that, ham, tongue, mustard and cress, scones, cakes and even trifle. Much preferable to dinner, she thought, and cosier altogether.

Nobody was told to dress up, though Her Majesty was as groomed and immaculate as she had been in the old days. But what a lot of advice she had had over the years, she thought, as she surveyed the crowded assembly; there were so many who had tendered it that they could only be accommodated in one of the grandest rooms in the palace, with the sumptuous tea laid out in two adjoining salons. She moved happily

comme une excellente occasion de redorer le blason de la monarchie auprès d'un public toujours volage.

Nul ne fut donc surpris lorsque la reine décida de son propre chef d'organiser une réception et de réunir tous ceux qui avaient eu le privilège de la conseiller, au fil des décennies. Il s'agissait en effet d'une réception réservée aux membres du Conseil privé, qui conservent leur charge jusqu'à la fin de leurs jours et constituent par là même une assemblée aussi pesante que pléthorique. Ils se retrouvaient d'ailleurs rarement au grand complet, hormis en des circonstances d'une exceptionnelle gravité. Mais rien n'empêchait, songeait la reine, de les réunir pour le thé – un thé conséquent, cela va sans dire, où il y aurait du jambon, de la langue de bœuf, de la moutarde et du cresson, des *scones*, du cake et même de la charlotte aux biscuits de Savoie. Cela vaudrait beaucoup mieux qu'un dîner et serait nettement plus agréable.

La tenue de soirée n'était pas de rigueur, bien que Sa Majesté fût tirée à quatre épingles comme aux plus beaux jours de sa jeunesse. Se pouvait-il qu'elle ait eu autant de conseillers, au fil des années ? se demandait-elle en parcourant l'assemblée des yeux. Tant de personnes avaient répondu à son invitation qu'il avait fallu aménager deux des plus vastes salles du palais. Les tables où étaient dressés les ingrédients de ce thé somptueux occupaient à elles seules deux salons adjacents. La reine se déplaçait, radieuse,

among her guests, unsupported by any other member of the royal family, who, though many of them were privy councillors, had not been invited. "I see quite enough of them as it is," she said, "whereas I never see all of you and, short of my dying, there's no occasion when you're all likely to see each other. Do try the trifle. It's wicked." Seldom had she been in such good spirits.

The prospect of a proper tea had fetched the privy councillors out in greater numbers than had been anticipated: dinner would have been a chore, whereas tea was a treat. There was such a crowd that chairs were in short supply, and there was a lot of running to and fro by the staff in order to get everybody seated, though this turned out to be part of the fun. Some sat on the usual gilt party chairs, but others found themselves ensconced on a priceless Louis XV bergère or a monogrammed hall chair brought in from the vestibule, with one former lord chancellor ending up perched on a little cork-topped stool brought down from a bathroom.

The Queen placidly surveyed all these goings-on, not quite on

au milieu de ses invités, sans l'assistance des autres membres de la famille royale : un certain nombre d'entre eux faisaient pourtant partie du Conseil, mais ils n'avaient pas été invités. « Je les vois à longueur d'année, expliquait-elle aux uns et aux autres, alors que j'ai si rarement le plaisir de vous rencontrer. Et à moins que je ne meure, il est peu vraisemblable que vous ayez l'occasion de vous retrouver tous ensemble. N'oubliez pas de goûter la charlotte, elle mérite le détour. » Cela faisait bien longtemps qu'on ne l'avait vue de si bonne humeur.

La perspective de ce thé royal avait suscité l'intérêt d'un plus grand nombre de conseillers qu'il n'avait été imaginé au départ. Un dîner rassemblant une telle quantité de convives aurait été un véritable calvaire, alors que ce thé était un régal. L'assemblée était si nombreuse qu'on se trouvait à court de sièges : le personnel courait dans tous les sens en s'assurant que chacun avait de quoi s'asseoir, mais cela ne faisait qu'ajouter au caractère bon enfant de la réunion. Certains avaient pris place sur les sièges dorés habituellement réservés à ce genre de réceptions, mais on avait dû en loger d'autres dans des bergères Louis XV d'une valeur inestimable ou des fauteuils rapportés de l'office et marqués du monogramme royal. Un ancien grand chancelier se retrouva même juché sur un tabouret tapissé de liège, provenant d'une salle de bains.

La reine surveillait d'un regard placide ces allées et venues. Elle n'avait pas voulu utiliser

a throne but certainly on a chair larger than anyone else's. She had brought her tea in with her and sipped and chatted until at last everyone had made themselves comfortable.

"I know that I've been well advised over the years but I hadn't realised quite how numerously. What a crowd!"

"Perhaps, ma'am, we should all sing 'Happy Birthday'!" said the prime minister, who was naturally sitting in the front row.

"Don't let's get carried away," said Her Majesty. "Though it is true one is eighty and this is a sort of birthday party. But quite what there is to celebrate I'm not sure. I suppose one of the few things to be said for it is that one has at least achieved an age at which one can die without people being shocked."

There was polite laughter at this and the Queen herself smiled. "I think," she said, "that more shouts of 'No, No' might be appropriate."

So somebody obliged and there was more complacent laughter as the nation's most distinguished tasted the joys of being teased by the nation's most eminent.

le trône, mais le fauteuil sur lequel elle avait pris place était assurément plus large que celui de n'importe quel autre invité. Sa tasse de thé était posée auprès d'elle et elle en buvait une gorgée de temps à autre, tout en échangeant quelques mots avec ses voisins, attendant que tout le monde se soit plus ou moins confortablement installé.

« Je savais que j'avais été bien conseillée au fil des années, finit-elle par déclarer, mais je ne me rendais pas compte que vous aviez été aussi nombreux à mes côtés. Quelle assemblée !

— Peut-être devrions-nous entonner un “Happy Birthday”, Madame, lança le Premier ministre, évidemment assis au premier rang.

— Sachons refréner nos élans, dit la reine. Il est vrai que je viens d'avoir quatre-vingts ans et que je vous ai plus ou moins réunis à l'occasion de cet anniversaire. Mais je ne suis pas sûre de savoir ce que nous célébrons au juste. L'une de mes rares certitudes, c'est d'avoir au moins atteint un âge où l'on peut se permettre de mourir sans choquer la majorité des gens. »

Quelques rires polis suivirent cette remarque et la reine elle-même esquissa un sourire. « Il me semble, dit-elle, que des protestations auraient été plus appropriées. »

Quelqu'un se prêta à cette requête et de nouveaux rires s'élevèrent, tandis que les membres les plus distingués de la nation savouraient le plaisir de se voir taquinés par celle qui en était la suprême incarnation.

"One has had, as you all know, a long reign. In fifty years and more I have gone through, I do not say seen off" – *(laughter)* – "ten prime ministers, six archbishops of Canterbury, eight speakers and, though you may not consider this a comparable statistic, fifty-three corgis – a life, as Lady Bracknell says, crowded with incident."

The audience smiled comfortably, chuckling now and again. This was a bit like school, primary school anyway.

"And of course," said the Queen, "it goes on, not a week passing without something of interest, a scandal, a cover-up or even a war. And since this is one's birthday you must not even think of looking peeved" – (the prime minister was studying the ceiling and the home secretary the carpet) – "for one has a long perspective and it was ever thus. At eighty things do not occur; they recur.

"However, as some of you may know, I have always disliked waste. One not wholly mythical version of my character has me going round Buckingham Palace switching off the lights, the implication being that one is mean, though these days it could better be put down to an awareness of global warming.

« Comme vous le savez, reprit-elle, ce règne a été bien long. En plus de cinquante ans, j'ai connu – je n'ai pas dit éconduit *(rires)* – dix Premiers ministres, six archevêques de Canterbury, huit présidents de la Chambre des communes ainsi que cinquante-trois chiens, même si vous êtes en droit d'estimer que ceux-ci ne relèvent pas de la même catégorie. Ce fut une vie pleine de péripéties, comme dit lady Bracknell. »

L'assistance souriait, émettant de temps à autre de petits gloussements. Tout le monde avait l'impression de se retrouver sur les bancs de l'école primaire.

« Et bien sûr, poursuivit la reine, cela continue. Pas une semaine ne s'écoule sans qu'advienne un événement digne d'intérêt, un scandale qui explose, un autre qu'on étouffe – sans même parler des guerres. » (Le Premier ministre contemplait le plafond et le ministre de l'Intérieur étudiait les motifs du tapis.) « Puisque c'est un anniversaire qui nous réunit, inutile de s'en irriter, d'autant qu'il en a toujours été ainsi. Lorsqu'on a quatre-vingts ans, les événements ne se produisent plus : ils se reproduisent.

« Toutefois, comme certains d'entre vous le savent, j'ai toujours eu horreur du gaspillage. Une image qui n'est pas dénuée de tout fondement me représente en train de traverser les pièces de Buckingham Palace pour éteindre les lumières – ce qui suggère bien sûr une tendance à l'avarice, même si de nos jours cela s'inscrirait plutôt dans le cadre de la lutte contre le réchauffement climatique.

But disliking waste as I do puts me in mind of all the experiences I have had, many of them unique to me, the fruit of a lifetime in which one has been, if only as a spectator, very close to events. Most of that experience" – and Her Majesty tapped her immaculately coiffed head – "most of it is up here. And one wouldn't want it to go to waste. So the question is, what happens to it?"

The prime minister opened his mouth as if to speak and indeed half rose from his chair.

"The question," said the Queen, "was rhetorical."

He sank back.

"As some of you may know, over the last few years I have become an avid reader. Books have enriched my life in a way that one could never have expected. But books can only take one so far and now I think it is time that from being a reader I become, or try to become, a writer."

The prime minister was bobbing again and the Queen, reflecting that this was what generally happened to her with prime ministers, graciously yielded the floor.

"A book, Your Majesty. Oh yes, yes. Reminiscences

Mais cette horreur du gaspillage me rappelle l'ensemble des expériences que j'ai vécues, dont beaucoup sont uniques à mes yeux, au fil d'une existence qui m'a souvent permis de côtoyer les grands événements du monde, ne serait-ce qu'au titre de spectatrice. L'essentiel de cette expérience est aujourd'hui enfermé là-dedans, ajouta Sa Majesté en montrant du doigt sa tête impeccablement coiffée. Et il serait regrettable qu'il se perde. La question se pose donc en ces termes : que faire de tout cela ? »

Le Premier ministre ouvrit la bouche et se redressa même à moitié sur son siège, comme s'il voulait prendre la parole.

« La question, poursuivit la reine, est évidemment rhétorique. »

Le Premier ministre se rassit aussitôt.

« Comme certains parmi vous le savent, je suis devenue une lectrice assidue, ces dernières années. Les livres sont venus enrichir ma vie d'une manière tout à fait inattendue. Mais cette posture possède elle aussi ses limites et j'estime qu'il est temps de ne plus me cantonner à ce rôle de lectrice : il faut à présent que j'écrive, ou que j'essaie d'écrire à mon tour. »

Le Premier ministre voulait visiblement revenir à la charge et la reine, qui avait toujours eu la même attitude avec les responsables de ses divers gouvernements, lui céda gracieusement la parole.

« Votre Majesté envisage donc d'écrire un livre… Vous y raconterez bien sûr vos souvenirs

of your childhood, ma'am, and the war, the bombing of the palace, your time in the WAAF."

"The ATS," corrected the Queen.

"The armed forces, whatever," the prime minister galloped on. "Then your marriage, the dramatic circumstances in which you learned you were Queen. It will be sensational. And," he chortled, "there's not much doubt that it will be a bestseller."

"*The* bestseller," trumped the home secretary. "All over the world."

"Ye-es," said the Queen, "only" – and she relished the moment – "that isn't quite the kind of book one had in mind. That is a book, after all, that anyone can write and several people have – all of them, to my mind, tedious in the extreme. No, I was envisaging a book of a different sort."

The prime minister, unsquashed, raised his eyebrows in polite interest. Maybe the old girl meant a travel book. They always sold well.

The Queen settled herself down. "I was thinking of something more radical. More... challenging."

"Radical" and "challenging" both being words that often tripped off the prime minister's tongue, he still felt no alarm.

"Have any of you read Proust?" asked the Queen of the room.

d'enfance et des années de guerre, le bombardement du palais, votre engagement parmi les auxiliaires féminines de l'aviation militaire…

— De l'armée de terre, corrigea la reine.

— Enfin, dans les forces armées. Puis votre mariage, les circonstances dramatiques dans lesquelles vous avez appris que vous alliez devenir reine… Ce sera un livre sensationnel. Et sans nul doute un formidable best-seller.

— *Le* best-seller, intervint le ministre de l'Intérieur. Et cela dans le monde entier.

— À vrai dire, dit la reine – et elle savoura particulièrement cet instant –, ce n'est pas exactement ce genre de livre que j'avais en tête : au fond, n'importe qui pourrait l'écrire et certains l'ont même déjà fait, sans grand succès à mon humble avis. Non, j'envisage un ouvrage d'une tout autre nature. »

Le Premier ministre haussa les sourcils, manifestant un intérêt poli. Peut-être la vieille voulait-elle écrire un guide touristique ? Cela marchait toujours bien.

La reine avait retrouvé tout son sérieux. « Je pensais à quelque chose de plus radical… Ou de plus… hardi. »

Les termes de « radical » ou de « hardi » faisaient partie du vocabulaire du Premier ministre, qui les employait fréquemment. Ils ne suscitèrent donc en lui aucune inquiétude particulière.

« Certains parmi vous ont-ils lu Proust ? » demanda la reine en s'adressant à l'ensemble de l'assistance.

Somebody deaf whispered "Who?" and a few hands went up, the prime minister's not among them, and seeing this, one young member of the cabinet who had read Proust and was about to put his hand up didn't, because he thought it would do him no good at all to say so.

The Queen counted. "Eight, nine – ten" – most of them, she noted, relics of much older cabinets. "Well, that's something, though I'm hardly surprised. Had I asked Mr Macmillan's cabinet that question I'm sure a dozen hands would have gone up, including his. However that's hardly fair, as I hadn't read Proust at that time either."

"I've read Trollope," said a former foreign secretary.

"One is glad to hear it," said the Queen, "but Trollope is not Proust." The home secretary, who had read neither, nodded sagely.

"Proust's is a long book, though, water-skiing permitting, you could get through it in the summer recess. At the end of the novel Marcel, who narrates it, looks back on a life that hasn't really amounted to much and resolves to redeem it by writing the novel which we have just in fact read, in the process unlocking some of the secrets of memory and remembrance.

« Qui ? » murmura un convive dur d'oreille. Quelques mains se levèrent mais celle du Premier ministre n'en faisait pas partie. Voyant cela, l'un des plus jeunes membres du gouvernement, qui avait lu la *Recherche* et s'apprêtait à lever la main, s'abstint de le faire en se disant que cela risquait de lui attirer des ennuis.

La reine compta les mains qui s'étaient levées, dont la plupart appartenaient à des membres de ses tout premiers gouvernements.

« Huit, neuf… et dix. Ma foi, c'est mieux que rien, mais cela ne m'étonne guère. Si j'avais posé la même question au gouvernement de Mr Macmillan, je suis sûre qu'une douzaine de mains se seraient levées, y compris la sienne. Mais je reconnais que ma remarque n'est pas très fair-play, car je n'avais moi-même pas encore lu Proust à cette époque.

— J'ai lu Trollope, intervint un ancien ministre des Affaires étrangères.

— Je suis enchantée de l'apprendre, dit la reine, mais Trollope n'est pas Proust. » Le ministre de l'Intérieur, qui ne les avait lus ni l'un ni l'autre, acquiesça d'un air convaincu.

« L'ouvrage de Proust est passablement long, même si l'on peut en venir à bout pendant des vacances d'été, à condition bien sûr de renoncer au ski nautique. À la fin du roman, Marcel – le narrateur – s'aperçoit que l'ensemble de sa vie se ramène à bien peu de chose et décide de la racheter en écrivant le livre que le lecteur vient de lire, exposant en cours de route les rouages secrets de la mémoire et du souvenir.

"Now one's life, though one says it oneself, has, unlike Marcel's, amounted to a great deal, but like him I feel nevertheless that it needs redeeming by analysis and reflection."

"Analysis?" said the prime minister.

"And reflection," said the Queen.

Having thought of a joke that he knew would go down well in the House of Commons, the home secretary ventured on it here. "Are we to assume that Your Majesty has decided to write this account because of something you read in a book, and a French book at that? Haw haw."

There were one or two answering sniggers, but the Queen did not appear to notice that a joke had actually been made (as indeed it scarcely had). "No, Home Secretary. But then books, as I'm sure you know, seldom prompt a course of action. Books generally just confirm you in what you have, perhaps unwittingly, decided to do already. You go to a book to have your convictions corroborated. A book, as it were, closes the book."

Some of the councillors, long since out of government, were thinking that this was not the woman they remembered serving and were fascinated accordingly. But for the most part the gathering

« Pour ce qu'il m'est permis d'en juger, ma propre vie offre sans doute un bilan plus riche que celle de Marcel, mais j'estime comme lui qu'elle mérite d'être rachetée, par l'analyse et la réflexion.

— L'analyse ? dit le Premier ministre.

— Et la réflexion », compléta la reine.

Entrevoyant une plaisanterie qui ne manquerait pas de faire son petit effet à la Chambre des communes, le ministre de l'Intérieur se risqua à intervenir : « Devons-nous en déduire que Votre Majesté a décidé d'entreprendre ce récit à la suite d'une révélation… qu'elle aurait eue dans un livre… un livre français, de surcroît… Ha, ha, ha. »

Deux ou trois ricanements lui firent écho dans l'assemblée, mais la reine n'eut pas l'air de se rendre compte que le ministre avait voulu plaisanter (sans d'ailleurs y parvenir). « Non, monsieur le ministre de l'Intérieur. Comme vous le savez sans doute, les livres produisent rarement un effet aussi direct. Ils viennent plutôt confirmer une opinion ou une décision que l'on a déjà prise, parfois involontairement. On cherche dans un livre la confirmation de ses propres convictions. Chaque livre, à tout prendre, porte en lui un autre livre. »

Certains conseillers, qui n'étaient plus aux affaires depuis longtemps, avaient de la peine à reconnaître la souveraine qu'ils avaient servie jadis, tout en l'écoutant avec une certaine fascination. Mais, pour l'essentiel, l'assemblée

sat in uneasy silence, few of them having any idea what she was talking about. And the Queen knew it. "You're puzzled," she said, unperturbed, "but I promise you, you do know this in your own sphere."

Once again they were in school and she was their teacher. "To inquire into the evidence for something on which you have already decided is the unacknowledged premise of every public inquiry, surely?"

The youngest minister laughed, then wished he hadn't. The prime minister wasn't laughing. If this was to be the tone of what the Queen was planning to write there was no telling what she was going to say. "I still think you would do better just to tell your story, ma'am," he said weakly.

"No," said the Queen. "I am not interested in facile reminiscence. It will, I hope, be something more thoughtful. Though when I say thoughtful I don't mean considerate. Joke."

Nobody laughed and the smile on the prime minister's face had become a ghastly grin.

"Who knows," said the Queen cheerfully, "it might stray into literature."

"I would have thought," said the prime minister, "that Your Majesty was above literature."

observait un silence embarrassé, la plupart des gens n'ayant aucune idée de ce qu'elle voulait dire. Et la reine en avait parfaitement conscience. « On commence par s'en étonner, poursuivit-elle sans se laisser démonter, mais on comprend vite qu'on est directement concerné. »

Elle leur parlait à nouveau comme une maîtresse d'école. « Enquêter pour chercher la preuve d'une décision qui a déjà été prise est la base implicite de n'importe quelle enquête publique, vous me l'accorderez. »

Le plus jeune membre du gouvernement se mit à rire, mais le regretta aussitôt. Le Premier ministre ne riait pas, quant à lui. Si tel était le ton de l'ouvrage que la reine avait l'intention d'écrire, il était difficile de savoir à quoi il fallait s'attendre. « Je crois que vous feriez mieux de vous contenter d'écrire vos Mémoires, Madame, dit-il d'une voix blanche.

— Non, dit la reine. La facilité de ce genre de souvenirs ne m'intéresse pas. J'espère produire quelque chose de plus réfléchi. Et par réfléchi, je n'entends pas plus prudent. Mais non, je plaisante… »

Aucun rire ne s'éleva dans l'assistance. Le sourire du Premier ministre n'était plus qu'une affreuse grimace.

« Qui sait, reprit la reine d'un air enjoué. Nous pourrions même verser dans la littérature.

— J'aurais cru, rétorqua le Premier ministre, que Votre Majesté était au-dessus de ça.

"Above literature?" said the Queen. "Who is above literature? You might as well say one was above humanity. But, as I say, my purpose is not primarily literary: analysis and reflection. What about those ten prime ministers?" She smiled brightly. "There is much to reflect on there. One has seen the country go to war more times than I like to recall. That, too, bears thinking about."

Still she smiled, though if anyone followed suit, it was the oldest ones who had the least to worry about.

"One has met and indeed entertained many visiting heads of state, some of them unspeakable crooks and blackguards and their wives not much better." This at least raised some rueful nods.

"One has given one's white-gloved hand to hands that were steeped in blood and conversed politely with men who have personally slaughtered children. One has waded through excrement and gore; to be Queen, I have often thought the one essential item of equipment a pair of thigh-length boots.

"One is often said to have a fund of common sense but that's another way of saying that one doesn't have much else and accordingly, perhaps,

— Qui peut se prétendre au-dessus de la littérature ? dit la reine. Ce serait aussi ridicule que de se croire au-dessus de l'humanité. Mais comme je vous l'ai dit, mon propos n'est pas prioritairement littéraire : il relève de l'analyse et de la réflexion. Prenez mes dix Premiers ministres, ajouta-t-elle avec un large sourire : voilà un vaste sujet de réflexion. Et le pays a été entraîné dans la guerre plus souvent qu'on n'aimerait l'admettre. Cela incite aussi à la réflexion. »

Elle ne se départait pourtant pas de son sourire. Tout le monde l'imitait, mais apparemment c'étaient les plus anciens qui avaient le moins de souci à se faire.

« Il a fallu rencontrer et parfois même divertir des chefs d'État étrangers dont certains étaient de simples escrocs, voire d'ignobles crapules. Et leurs épouses ne valaient pas mieux. » Cette remarque au moins suscita dans une partie de l'assistance des acquiescements attristés.

« Il a fallu tendre une main gantée de blanc pour en serrer d'autres qui étaient couvertes de sang et soutenir d'aimables conversations avec des individus qui avaient participé à des massacres d'enfants. Il a fallu patauger dans les tripes et les excréments. Je me suis souvent dit que pour une reine, le seul équipement vraiment indispensable serait une paire de cuissardes.

« On me crédite généralement d'un solide bon sens, ce qui est une autre façon de dire que je n'ai guère d'autres atouts. En conséquence de quoi,

I have at the instance of my various governments been forced to participate if only passively in decisions I consider ill-advised and often shameful. Sometimes one has felt like a scented candle, sent in to perfume a regime, or aerate a policy, monarchy these days just a government-issue deodorant.

"I am the Queen and head of the Commonwealth, but there have been many times in the last fifty years when that has made me feel not pride but shame. However" – and here she stood up – "we must not lose our sense of priorities and this is a party after all, so before I continue shall we now have some champagne?"

The champagne was superb but, seeing that one of the pages doing the serving was Norman, the prime minister lost all taste for it and slipped along the corridor to the toilet, where he got on his mobile to the attorney general. The lawyer did much to reassure him, and fortified by his legal advice the prime minister was able to pass the message round the members of the cabinet, so that when in due course Her Majesty came back into the room it was a more resilient group that awaited her.

je me suis vue contrainte, sur les instances de mes divers gouvernements, d'entériner – ne serait-ce que de manière passive – des décisions que je considérais comme mauvaises et souvent même indignes. Ce qui m'a parfois donné le sentiment de tenir le même rôle qu'une bougie parfumée, destinée à chasser les relents de la politique – la monarchie n'étant plus de nos jours qu'un vague déodorant, au service du gouvernement.

« Je suis la reine, à la tête du Commonwealth, mais à de nombreuses reprises au cours du dernier demi-siècle cette charge m'a davantage remplie de honte que de fierté. Cependant (ajouta-t-elle en se levant), que cela ne nous fasse pas perdre le sens des priorités. Ceci est une réception, après tout, et je vous invite à boire une coupe de champagne avant de poursuivre cette conversation. »

Le champagne était absolument divin. Mais après s'être aperçu que Norman avait à nouveau rejoint le rang des pages en charge du service, le Premier ministre perdit toute envie d'en boire. Il s'éclipsa et longea le couloir qui menait aux toilettes, d'où il appela l'attorney général sur son portable. Celui-ci avança plusieurs arguments qui eurent le don de le rassurer : fort de cet avis autorisé, le Premier ministre passa la consigne à l'ensemble de son cabinet. De sorte que lorsque Sa Majesté réapparut dans la salle, c'était un groupe nettement requinqué qui l'attendait.

"We've been talking about what you said, ma'am," began the prime minister.

"All in good time," said the Queen. "One hasn't quite finished. I wouldn't want you to think that what I am planning to write and indeed have already started writing is some cheap, tell-tale life-in-the-palace nonsense beloved of the tabloids. No. One has never written a book before but one hopes that it will" – she paused – "transcend its circumstances and stand on its own, a tangential history of its times and, you'll perhaps be reassured to learn, far from exclusively to do with politics or the events of one's life. I'd like to talk about books, too, and people. But not gossip. I don't care for gossip. A roundabout book. I think it was E. M. Forster who said: 'Tell all the truth but tell it slant, success in circuit lies.' Or was it," she asked the room, "Emily Dickinson?"

Unsurprisingly, the room did not answer.

"But one mustn't talk about it or it will never get written."

It was no comfort to the prime minister to reflect that whereas most people when claiming to want to write

« Nous avons discuté entre nous des déclarations que vous venez de nous faire, Madame, commença le Premier ministre.

— Chaque chose en son temps, dit la reine. Je n'avais pas tout à fait terminé. Je ne voudrais pas que vous puissiez croire que l'ouvrage que j'ai l'intention d'écrire – et dont j'ai de fait entamé la rédaction – relève de ce tissu de ragots et d'affabulations grotesques dont les tabloïdes se montrent friands. Non. Je n'avais jamais écrit de livre à ce jour, mais j'espère que celui-ci parviendra… (elle marqua une pause) à transcender les circonstances de sa composition et à s'imposer de lui-même, comme un récit tangent à son époque. Il ne concerne d'ailleurs pas uniquement, peut-être serez-vous soulagés de l'apprendre, la politique ou les événements qui ont marqué ma vie. J'aimerais y parler des livres. Mais aussi des gens – ce qui n'a rien à voir avec les cancans, dont je me moque éperdument. Ce livre prendra des chemins détournés. Je crois que c'est E. M. Forster qui a écrit : "Dites toute la vérité, mais dites-la de manière oblique : la réussite réside dans les circonvolutions." À moins qu'il ne s'agisse d'Emily Dickinson ? » ajouta-t-elle à l'intention de l'assistance.

Personne ne lui répondit, ce qui n'avait rien de très surprenant.

« Mais il ne faut pas que je vous en dise trop, sinon je ne l'écrirai jamais. »

Le Premier ministre songea, sans grand réconfort, que les gens qui prétendent vouloir écrire

a book would never get it written, with the Queen and her terrible sense of duty it could be guaranteed that she would.

"Now, Prime Minister," she turned to him gaily, "you were saying?"

The prime minister rose. "Respectful as we are of your intentions, ma'am" – the prime minister's tone was casual and friendly – "I think I have to remind you that you are in a unique position."

"I seldom forget it," said the Queen. "Go on."

"The monarch has, I think I'm right in saying, never published a book."

The Queen shook her finger at him, a gesture she remembered in the moment of making it that was a mannerism of Noël Coward's. "That isn't quite true, Prime Minister. My ancestor Henry VIII, for instance, wrote a book. Against heresy. That is why one is still called Defender of the Faith. So, too, did my namesake Elizabeth I."

The prime minister was about to protest.

"No, one knows it isn't the same, but my great-grandmother Queen Victoria, she wrote a book also, *Leaves from a Highland Journal*, and a pretty tedious book it is, too, and so utterly without

un livre ne le font généralement jamais, mais qu'on pouvait être certain, connaissant le sens du devoir de la reine, qu'elle-même en viendrait à bout.

« Mais vous vous apprêtiez à dire quelque chose, monsieur le Premier ministre », ajouta-t-elle en se tournant vers lui d'un air enjoué.

Le Premier ministre se leva. « Si respectueux soyons-nous de vos intentions, Madame, lança-t-il sur un ton désinvolte et amical, je crois devoir vous rappeler le caractère unique de la position que vous occupez.

— Il m'arrive rarement de l'oublier, dit la reine. Mais poursuivez.

— Aucun monarque, si je ne me trompe, n'a jamais publié de livre. »

À ces mots, la reine le tança du doigt, ce qui était l'un des tics favoris de Noël Coward, elle s'en souvint brusquement. « Ce n'est pas tout à fait exact, monsieur le Premier ministre. Mon ancêtre Henry VIII, par exemple, a écrit un traité contre l'hérésie. C'est d'ailleurs la raison pour laquelle les souverains d'Angleterre portent depuis le titre de Défenseurs de la Foi. Mon homonyme, Elizabeth Ire, en a composé un elle aussi. »

Le Premier ministre s'apprêtait à protester.

« Je sais parfaitement que ce n'est pas comparable, l'interrompit-elle. Mais mon arrière-grand-mère, la reine Victoria, a elle aussi écrit un livre : *Pages d'un Journal des Highlands*, qui est d'ailleurs d'un ennui mortel et tellement vidé

offence as to be almost unreadable. It's not a model one would want to follow. And then of course" – and the Queen looked hard at her first minister – "there was my uncle the Duke of Windsor. He wrote a book, *A King's Story*, the history of his marriage and subsequent adventures. If nothing else, that surely counts as a precedent?"

Furnished with the advice of the attorney general on this very point, the prime minister smiled and almost apologetically made his objection. "Yes, ma'am, I agree, but the difference, surely, is that His Royal Highness wrote the book as Duke of Windsor. He could only write it because he had abdicated."

"Oh, did I not say that?" said the Queen. "But... why do you think you're all here?"

de ce qui risquait d'offenser ses lecteurs qu'il en est presque illisible. Ce n'est certes pas un exemple qu'on aimerait suivre. Et puis, bien sûr, ajouta la reine en regardant le Premier ministre dans les yeux, il y a eu mon oncle, le duc de Windsor. Il a fait dans *Histoire d'un roi* le récit de son mariage et des péripéties qui en ont découlé. Sans même parler du reste, cela crée assurément un notable précédent. »

Ayant recueilli l'opinion de l'attorney général sur ce point précis, le Premier ministre sourit et objecta, en s'excusant presque : « Oui, Madame, je vous l'accorde. Mais il y a une différence de taille. C'est que Son Altesse Royale avait composé cet ouvrage après être redevenu duc de Windsor. Jamais il n'aurait pu l'écrire s'il n'avait pas abdiqué.

— Oh, dit la reine, je ne vous l'avais donc pas dit ? Mais… pourquoi croyez-vous que nous sommes tous réunis ce soir ? »

DU MÊME AUTEUR

Dans la collection Folio Bilingue

LA REINE DES LECTRICES / *THE UNCOMMON READER* (n° 233)

Dans la collection Folio

LA REINE DES LECTRICES (n° 5072)

LA MISE À NU DES ÉPOUX RANSOME (n° 5301)

SO SHOCKING ! (n° 5559)

LA DAME À LA CAMIONNETTE (n° 5938)

DANS LA MÊME COLLECTION

ANGLAIS

ADICHIE *The Arrangements and Other Stories* / Les arrangements et autres histoires

AUSTEN *Lady Susan* / Lady Susan

BARNES *Letters from London (selected letters)* / Lettres de Londres (choix)

BARNES *Levels of Life* / Quand tout est déjà arrivé

BRADBURY *The Illustrated Man and other short stories* / L'Homme Illustré et autres nouvelles

CAPOTE *Breakfast at Tiffany's* / Petit déjeuner chez Tiffany

CAPOTE *Music for Chameleons* / Musique pour caméléons

CAPOTE *One Christmas* / *The Thanksgiving visitor* / Un Noël / L'invité d'un jour

CARROLL *Alice's Adventures in Wonderland* / Les Aventures d'Alice au pays des merveilles

COE *9th and 13th* / 9e et 13e (Désaccords imparfaits)

COLLECTIF (E. Wharton, H. P. Lovecraft, F. Brown) *Bloody Tales* / Histoires sanglantes

COLLECTIF (Amis, Swift, McEwan) *Contemporary English Stories* / Nouvelles anglaises contemporaines

COLLECTIF (Fitzgerald, Miller, Charyn) *New York Stories* / Nouvelles new-yorkaises

CONAN DOYLE *Silver Blaze and other adventures of Sherlock Holmes* / Étoile d'argent et autres aventures de Sherlock Holmes

CONAN DOYLE *The Final Problem and other adventures of Sherlock Holmes* / Le dernier problème et autres aventures de Sherlock Holmes

CONAN DOYLE *The Man with the Twisted Lip and other adventures of Sherlock Holmes* / L'homme à la lèvre tordue et autres aventures de Sherlock Holmes

CONRAD *Gaspar Ruiz* / Gaspar Ruiz

CONRAD *Heart of Darkness* / Au cœur des ténèbres

CONRAD *The Duel* / Le duel

CONRAD *The Secret Sharer* / Le Compagnon secret

CONRAD *Typhoon* / Typhon

CONRAD *Youth* / Jeunesse

DAHL *My Lady Love, my Dove* / Ma blanche colombe

DAHL *Road's Revolting Recipes* / Les irrésistibles recettes de Roald Dahl

DAHL *The Great Switcheroo* / *The Last Act* / La grande entourloupe / Le dernier acte

DAHL *The Princess and the Poacher* / *Princess Mammalia* / La Princesse et le braconnier / La Princesse Mammalia

DAHL *The Umbrella Man and other stories* / L'homme au parapluie et autres nouvelles

DICK *Minority Report* / Rapport minoritaire

DICKENS *A Christmas Carol* / Un chant de Noël

DICKENS *The Cricket on the Hearth* / Le grillon du foyer

FAULKNER *A Rose for Emily* / *That Evening Sun* / *Dry September* / Une rose pour Emily / Soleil couchant / Septembre ardent

FAULKNER *The Wishing Tree* / L'Arbre aux Souhaits

FITZGERALD *Tales of the Jazz Age (selected stories)* / Les enfants du jazz (choix)

FITZGERALD *The Crack-Up and other stories* / La fêlure et autres nouvelles

FITZGERALD *The Rich Boy and other stories* / Le garçon riche et autres histoires

FORSYTH *The Shepherd* / Le berger

HAMMETT *The Gutting of Couffignal* / *Crooked Souls* / Le sac de Couffignal / Âmes malhonnêtes

HARDY *Two Stories from Wessex Tales* / Deux contes du Wessex

HAWTHORNE *Tales from New England* / Contes de la Nouvelle-Angleterre

HEMINGWAY *Fifty Grand and other short stories* / Cinquante mille dollars et autres nouvelles

HEMINGWAY *The Northern Woods* / Les forêts du Nord

HEMINGWAY *The Old Man and the Sea* / Le vieil homme et la mer

HEMINGWAY *The Snows of Kilimanjaro and other short stories* / Les neiges du Kilimandjaro et autres nouvelles

HIGGINS *Harold and Maude* / Harold et Maude

IRVING *The Legend of Sleepy Hollow* / *Rip Van Winkle* / La Légende de Sleepy Hollow / Rip Van Winkle

JAMES *Daisy Miller* / Daisy Miller

JAMES *The Birthplace* / La Maison natale

JAMES *The Last of the Valerii* / Le dernier des Valerii

JOYCE *A Painful Case* / *The Dead* / Un cas douloureux / Les morts

KEROUAC Lonesome Traveler (selected stories) / Le vagabond solitaire (choix)

KEROUAC *Satori in Paris* / Satori à Paris

KIPLING *Just so Stories* / Histoires comme ça

KIPLING *Stalky and Co.* / Stalky et Cie

KIPLING *Wee Willie Winkie* / Wee Willie Winkie

LAWRENCE *Daughters of the Vicar* / Les filles du pasteur

LAWRENCE *The Virgin and the Gipsy* / La vierge et le gitan

LONDON *The Call of the Wild* / L'appel de la forêt

LONDON *The Son of the Wolf and other tales of the Far North* / Le Fils du Loup et autres nouvelles du Grand Nord

LOVECRAFT *The Dunwich Horror* / L'horreur de Dunwich

MANSFIELD *The Garden Party and other stories* / La garden-party et autres nouvelles

MELVILLE *Benito Cereno* / Benito Cereno

MELVILLE *Bartleby the Scrivener* / Bartleby le scribe

O'CONNOR *A Good Man is hard to find and other Short Stories* / Les braves gens ne courent pas les rues et autres nouvelles

ORWELL *Animal Farm* / La ferme des animaux

POE *Mystification and other tales* / Mystification et autres contes

POE *The Assignation and Other Tales* / Le rendez-vous et autres contes

POE *The Murders in the Rue Morgue and other tales* / Double assassinat dans la rue Morgue et autres histoires

RENDELL *The Strawberry Tree* / L'Arbousier

ROTH *Goodbye, Columbus* / Goodbye, Columbus

SHAKESPEARE *Famous scenes* / Scènes célèbres

STEINBECK, *Of Mice and Men* / Des souris et des hommes

STEINBECK *The Pearl* / La perle

STEINBECK *The Red Pony* / Le poney rouge

STEVENSON *Ollala* / Ollala

STEVENSON *The Rajah's Diamond* / Le diamant du rajah

STEVENSON *The Strange Case of Dr Jekyll and Mr Hyde* / L'étrange cas du Dr Jekyll et M. Hyde

STYRON *Darkness Visible / A Memoir of Madness* / Face aux ténèbres / Chronique d'une folie

TWAIN *Is he living or is he dead ? and other short stories* / Est-il vivant ou est-il mort ? et autres nouvelles

WELLS *The Country of the Blind and other tales of anticipation* / Le Pays des Aveugles et autres récits d'anticipation
WELLS *The Time Machine* / La Machine à explorer le temps
WILDE *A House of Pomegranates* / Une maison de grenades
WILDE *Lord Arthur Savile's crime* / Le crime de Lord Arthur Savile
WILDE *The Canterville Ghost and other short fictions* / Le Fantôme des Canterville et autres contes
WILDE *The Portrait of Mr. W. H.* / Le portrait de Mr. W. H.
WOOLF *Monday or Tuesday* / Lundi ou mardi

ALLEMAND

ANONYME *Wunderbare Reisen des Freiherrn von Münchhausen* / Les merveilleux voyages du baron de Münchhausen
BERNHARD *Der Stimmenimitator (Auswahl)* / L'imitateur (choix)
BÖLL *Der Zug war pünktlich* / Le train était à l'heure
CHAMISSO *Peter Schlemihls wundersame Geschichte* / L'étrange histoire de Peter Schlemihl
EICHENDORFF *Aus dem Leben eines Taugenichts* / Scènes de la vie d'un propre à rien
FREUD *Das Unheimliche und andere Texte* / L'inquiétante étrangeté et autres textes
FREUD *Die Frage der Laienanalyse* / La question de l'analyse profane
FREUD *Eine Kindheitserinnerung des Leonardo da Vinci* / Un souvenir d'enfance de Léonard de Vinci
FREUD *Selbstdarstellung* / Sigmund Freud présenté par lui-même
GOETHE *Die Leiden des jungen Werther* / Les souffrances du jeune Werther
GOETHE *Faust* / Faust
GRIMM *Das blaue Licht und andere Märchen* / La lumière bleue et autres contes
HANDKE *Die Lehre der Sainte-Victoire* / La leçon de la Sainte-Victoire
HANDKE *Kindergeschichte* / Histoire d'enfant
HANDKE *Lucie im Wald mit den Dingsdda* / Lucie dans la forêt avec les trucs-machins
HOFFMANN *Der Sandmann* / Le marchand de sable

HOFFMANN *Nussknacker und Mausekönig* / Casse-Noisette et le Roi des Rats

HOFMANNSTHAL *Andreas* / Andréas

KAFKA *Beschreibung eines Kampfes* / *Forschungen eines Hundes* / Description d'un combat / Les recherches d'un chien

KAFKA *Brief an den Vater* / Lettre au père

KAFKA *Der Bau* / Le Terrier

KAFKA *Die Verwandlung* / La métamorphose

KAFKA *Ein Landarzt und andere Erzählungen* / Un médecin de campagne et autres récits

KLEIST *Die Marquise von O...* / *Der Zweikampf* / La marquise d'O... / Le duel

KLEIST *Die Verlobung in St. Domingo* / *Der Findling* / Fiançailles à Saint-Domingue / L'enfant trouvé

MANN *Tonio Kröger* / Tonio Kröger

MÖRIKE *Mozart auf der Reise nach Prag* / Un voyage de Mozart à Prague

NIETZSCHE *Ecce homo* / Ecce homo

RILKE *Geschichten vom lieben Gott* / Histoires du Bon Dieu

RILKE *Zwei Prager Geschichten* / Deux histoires pragoises

SCHLINK *Der Andere* / L'autre

TIECK *Der Pokal und andere Märchen* / La coupe d'or et autres contes

VON SCHIRACH *Glück und andere Kurzgeschichten* / Quelle chance ! et autres nouvelles

WALSER *Der Spaziergang* / La promenade

ZWEIG, *Brief einer unbekannten* / Lettre d'une inconnue

ZWEIG *Der Amokläufer* / Amok

ZWEIG *Schachnovelle* / Le joueur d'échecs

ZWEIG *Vierundzwanzig Stunden aus dem Leben einer Frau* / Vingt-quatre heures de la vie d'une femme

RUSSE

BABEL *Одесскне рассказы* / Contes d'Odessa

BOULGAKOV *Записки юного врача* / Carnets d'un jeune médecin

BOULGAKOV *Роковые яица* / Les Œufs du Destin

BOULGAKOV, *МорФИЙ* / Morphine

DOSTOÏEVSKI *Записки из подполья* / Carnets du sous-sol

DOSTOÏEVSKI *Кроткая / Сон смешного человека* / Douce / Le songe d'un homme ridicule

DOSTOÏEVSKI *Маленький герой* / Un petit héros

GOGOL *Записки сумасшедшего / Нос / Шинель* / Le journal d'un fou / Le nez / Le manteau

GOGOL *Портрет* / Le portrait

GORKI *Мой спутник* / Mon compagnon

KAZAKOV *На полстанке и другие рассказы* / La petite gare et autres récits

LERMONTOV *Герой нашего времени* / Un héros de notre temps

OULITSKAÏA *Сонечка* / Sonietchka

POUCHKINE *Арап Петра Великого* / Le nègre de Pierre le Grand

POUCHKINE *Дубровского* / Doubrovski

POUCHKINE *Пиковая дама* / La Dame de pique

TCHEKHOV ! *Дама с собачкой / Архиерей / Невеста* / La dame au petit chien / L'évêque / La fiancée

TCHEKHOV *Палата N° 6* / Salle 6

TOLSTOÏ *Дьявол* / Le Diable

TOLSTOÏ *Крейцерова соната* / La sonate à Kreutzer

TOLSTOÏ *Сетейное счастье* / Le bonheur conjugal

TOLSTOÏ *Смерть Ивана Ильича* / La Mort d'Ivan Ilitch

TOURGUENIEV *Ася* / Assia

TOURGUENIEV *Первая любовь* / Premier amour

TOURGUENIEV *Часы* / La montre

TYNIANOV *Подпоручик Киже* / Le lieutenant Kijé

ITALIEN

BARICCO *Novecento. Un monologo* / Novecento : pianiste. Un monologue

BARICCO *Seta* / Soie

BASSANI *Gli occhiali d'oro* / Les lunettes d'or

BOCCACE *Decameron, nove novelle d'amore* / Décameron, neuf nouvelles d'amour

CALVINO *Fiabe italiane* / Contes italiens

COLLECTIF (Verga, Pirandello, Consolo) *Novelle siciliane* / Nouvelles siciliennes

COLLODI *Pipì o lo scimmiottino color di rosa* / Pipì ou le petit singe couleur de rose

D'ANNUNZIO *Il Traghettatore ed altre novelle della Pescara* / Le passeur et autres nouvelles de la Pescara

DANTE *Divina Commedia* / La Divine Comédie (extraits)

DANTE *Vita Nuova* / Vie nouvelle

DE LUCA *Il peso della farfalla* / Le poids du papillon

DE LUCA *Non ora, non quí* / Pas ici, pas maintenant

DE LUCA *Tre cavalli* / Trois chevaux

GOLDONI *La Bottega del caffè* / Le Café

GOLDONI *La Locandiera* / La Locandiera

MACHIAVEL *Il Principe* / Le Prince

MALAPARTE *Il Sole è cieco* / Le Soleil est aveugle

MORANTE *Lo scialle andaluso ed altre novelle* / Le châle andalou et autres nouvelles

MORAVIA *L'amore conjugale* / L'amour conjugal

PASOLINI *Racconti romani* / Nouvelles romaines

PAVESE *La bella estate* / Le bel été

PAVESE *La spiaggia* / La plage

PAVESE *L'idolo e altri racconti* / L'idole et autres récits

PIRANDELLO *Novelle per un anno I (scelta)* / Nouvelles pour une année I (choix)

PIRANDELLO *Novelle per un anno II (scelta)* / Nouvelles pour une année II (choix)

PIRANDELLO *Sei personaggi in cerca d'autore* / Six personnages en quête d'auteur

PIRANDELLO *Vestire gli ignudi* / Vêtir ceux qui sont nus

SCIASCIA *Il contesto* / Le contexte

SVEVO *Corto viaggio sentimentale* / Court voyage sentimental

TABUCCHI *Cinema e altre novelle* / Cinéma et autres nouvelles

VASARI/CELLINI *Vite di artisti* / Vies d'artistes

VERGA *Cavalleria rusticana ed altre novelle* / Cavalleria rusticana et autres nouvelles

ESPAGNOL

ASTURIAS *Leyendas de Guatemala* / Légendes du Guatemala

BORGES *El Aleph y otros cuentos* / L'Aleph et autres contes

BORGES *El libro de arena* / Le livre de sable
BORGES *Ficciones* / Fictions
CALDERÓN DE LA BARCA *La vida es sueño* / La vie est un songe
CARPENTIER *Concierto barroco* / Concert baroque
CARPENTIER *El acoso* / Chasse à l'homme
CARPENTIER *Guerra del tiempo* / Guerre du temps
CERVANTES *El amante liberal* / L'amant généreux
CERVANTES *El celoso extremeño* / *Las dos doncellas* / Le Jaloux d'Estrémadure / Les Deux Jeunes Filles
CERVANTES *Novelas ejemplares (selección)* / Nouvelles exemplaires (choix)
COLLECTIF (Fuentes, Pitol, Rossi) *Escritores mexicanos* / Écrivains mexicains
COLLECTIF (Marsé, Zarraluki, España) *Historias de Barcelona* / Histoires de Barcelone
CORTÁZAR *Historias inéditas de Gabriel Medrano* / Histoires de Gabriel Medrano
CORTÁZAR *Las armas secretas* / Les armes secrètes
CORTÁZAR *Queremos tanto a Glenda (selección)* / Nous l'aimions tant, Glenda (choix)
FUENTES *Las dos orillas* / Les deux rives
FUENTES *Los huos del conquistador* / Les fils du conquistador
GARCÍA LORCA *Bodas de sangra* / Noces de sang
GARCÍA LORCA *Mi pueblo y otros escritos* / Mon village et autres textes
GARCÍA LORCA *Yerma* / Yerma
NERUDA *Confieso que he vivido. Juventud* / J'avoue que j'ai vécu. Jeunesse
RIVAS *La lengua de las mariposas y otras novelas (sèlección)* / La langue des papillons et autres nouvelles (choix)
RULFO *El Llano en llamas (selección)* / Le Llano en flammes (choix)
TIRSO DE MOLINA *El Burlador de Sevilla y convidado de piedra* / Le Trompeur de Séville et l'Invité de pierre
UNAMUNO *Cuentos (selección)* / Contes (choix)
VALLE-INCLÁN *Un día de guerra (Visión estelar)* / Un jour de guerre vu des étoiles
VARGAS LLOSA *Los cachorros* / Les chiots
VARGAS LLOSA *Los jefes* / Les caïds

PORTUGAIS

EÇA DE QUEIROZ *Singularidades de uma rapariga loira* / Une singulière jeune fille blonde
MACHADO DE ASSIS *O alienista* / L'aliéniste

JAPONAIS

RYÔKAN 梅の花 *(Ume no hana)* / Ô pruniers en fleur

CHINOIS

ANONYMES 詩經 *(Shijing)* / Le Classique des Poèmes

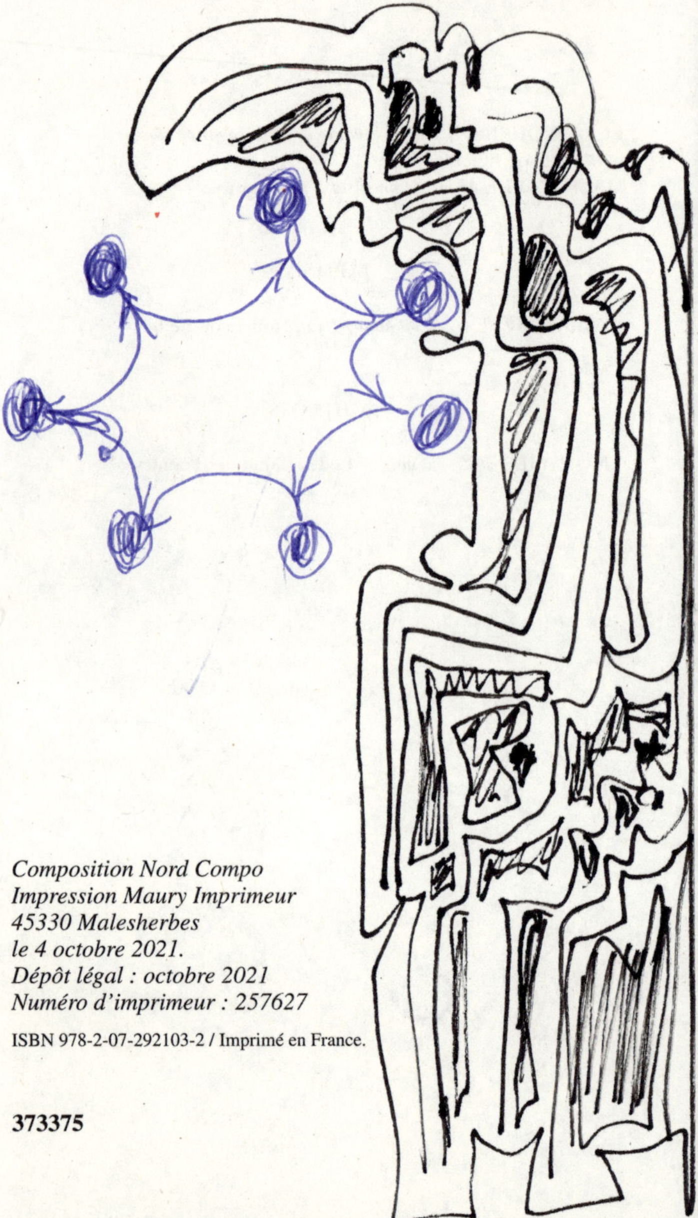

Composition Nord Compo
Impression Maury Imprimeur
45330 Malesherbes
le 4 octobre 2021.
Dépôt légal : octobre 2021
Numéro d'imprimeur : 257627

ISBN 978-2-07-292103-2 / Imprimé en France.

373375